바닷가 뜨개방

바닷가 뜨개방

이민희 지음

목차

프롤로그 - 바람이 불어오는 곳　　　　　　　6

1부. 인연을 이어주는 빨간 브로치　　　　　16
2부. 희망의 별 단추가 달린 세 가지색 조끼　39
3부. 귀여운 노란 곰돌이 모자　　　　　　　71
4부. 어깨 위에 반짝이는 까만 가방　　　　　93
5부. 두근두근 분홍 목도리　　　　　　　　115
6부. 따뜻함을 품은 회색 스웨터　　　　　　138
7부. 또 다른 빨간 실　　　　　　　　　　　172

에필로그 - 바람에 날리는 알록달록 블랑켓　186

작가의 말

프롤로그

윤슬은 급식실 구석에 놓인 책상에 앉아 오늘 나간 급식에 대한 평가표를 보며 부족했던 점은 없었는지 확인하고, 입고 있던 가운을 벗었다. 스물다섯 해 동안 한 번도 빠뜨리지 않았던 일과였다. 영양사로서, 그리고 한 사람으로서 자신이 맡은 일에는 늘 최선을 다했다.
"윤슬쌤, 오늘도 수고하셨어요."
"네, 내일 봐요."
동료들과 인사를 나누고 복지관 문을 나서는 발걸음이 어느 때보다 무겁게 느껴졌다.
한 달 전 일이 자꾸 떠올랐다. 복지관 옆 생활관에서 십 년 넘게 살던 민호가 갑작스럽게 쓰러진 날. 심장마비였다.

휠체어를 탄 채로 늘 밝게 웃어주던 그 친구가 병원으로 실려 가던 모습이, 그리고 며칠 뒤 들려온 부고 소식이 윤슬의 마음 어딘가를 깊숙이 할퀴고 지나갔다.
'생각해보니 나도 쉰 살이구나.'
집으로 가는 길, 문득 그런 생각이 들었다. 대학생인 큰딸과 고등학생인 작은딸을 키우느라, 남편을 뒷바라지하느라, 영양사라는 직업의 일을 하느라 정신없이 달려온 세월이었다.
완벽한 엄마가 되려고, 완벽한 아내가 되려고, 완벽한 직장인이 되려고 애써왔다. 그런데 지금 무엇이 남았을까.

"엄마, 오늘 저녁 뭐예요?"
현관문을 열자마자 작은딸이 달려왔다.
"김치찌개 끓여줄게."
"김치찌개? 학교에서도 급식으로 김치찌개 나왔는데."
평소 같으면 '그럼 네가 해먹어'라며 농담으로 받아넘겼을 텐데, 오늘은 그마저도 귀찮았다. 윤슬은 그저 고개를 끄덕이며 부엌으로 향했다. 저녁을 준비하면서도, 가족들과 함께 밥을 먹으면서도 마음 한구석이 텅 빈 것 같았다. 무엇인가 계속 흘러나가고 있는데, 그것이 무엇인지 알 수 없었다.

늦은 저녁, 퇴근하고 온 남편이 멍한 표정으로 넷플릭스를 보고 있는 윤슬에게 조심스럽게 말을 건넸다.
"당신, 요즘 많이 힘들어 보여."
"아니야, 괜찮아."
"아직도 그 친구 때문에 마음이 어지러워?"
아무 대답도 없는 윤슬을 보며 남편 강직은 작게 한숨을 쉬었다.
"잠깐 쉬면서 여행이라도 다녀와. 아이들은 내가 잘 챙길 테니까 걱정하지 말고."
윤슬은 남편을 바라봤다. 결혼한 지 20년 동안 혼자 여행을 간 적이 한 번도 없었다. 아니, 혼자만의 시간이라는 것 자체를 가져본 적이 없었다.
"혼자?"
"응. 혼자. 당신도 당신만의 시간을 좀 가져봐."

며칠 뒤, 윤슬은 '혼자' 기차에 몸을 맡겼다. 목적지는 따로 정하지 않았다.
그저 바다가 보고 싶었다. 탁 트인 바다를 보면서 답답한 마음을 조금이라도 풀 수 있을 것 같았다.
강릉을 지나 더 북쪽으로, 기차는 작은 해안 마을에 도착했다.
역 이름도 생소했다. '가람비치역'
"가람비치? 물 위에 비친 햇살을 말하는 건가?"
자신의 이름 윤슬과 비슷한 역 이름이 마음에 들어 얼른 내렸다. 관광객 한 명 없는 조용한 곳이었다. 역에서 내려 무작정 걷기 시작했다.
바다의 비릿한 냄새가 코끝을 스쳤다. 짠 내와 함께 어딘가 그리운 냄새가 섞여 있었다. 골목을 따라 걷다 보니 작은 가게가 나타났다. 가게 앞 평상에는 주인이 내놓은 듯 한 나물과 이름 모를 생선이 햇볕을 받고 있었다.
'점방'이라고 손 글씨로 쓰인 간판이 정겨워 보였다.

가게 안은 생각보다 아늑했다. 나물을 다듬던 주인 할머니가 천천히 몸을 일으키며 물었다.
"외지인 같은데?"
"예, 동네 풍경이 너무 예뻐서 저도 모르게 내렸어요. 여기 혹시 잘 곳이 있을까요?"
"이 작은 동네에 그런 게 어디 있겠어. 기다려봐 우리 집에 방이 하나 남으니까 거기 서 하루 쉬다 가던지."
"아 정말 감사합니다."
뜻하지 않은 친절에 꾸벅 인사를 하며 할머니를 따라 들어가니, 작은 창이 바다를 향해 나 있는 방을 보여준다.
"여기 써. 그리고 밥은 그냥 숟가락 하나 더 얹어도 되면 이따 같이 먹자고"
"어머, 너무 감사해요."
모텔도 식당도 없는 작은 마을에서 첫 인연인 순자 할머니와 만났다.

잠시 동네 구경을 나섰다. 손에는 순자 할머니가 챙겨주신 박카스 한 병이 들려있다.
작은 백사장에 나가 앉으니 멀리서 배들이 분주히 오가는 모습이 보인다.
'사람은 사는구나.'
조금 안심이 되었다. 혼자가 되고 싶지만, 혼자임이 두려운 이 기분은 뭘까?
파도 소리가 규칙적으로 들려왔다. 민호가 좋아했던 소리였다. 그 친구는 언젠가 바다를 보러 가고 싶다고 했었다. 휠체어로는 모래사장에 가기 어렵다며 아쉬워했던 모습이 떠올랐다.

'살아있다는 것.'
윤슬은 문득 그 의미에 대해 생각해봤다. 매일 반복되는 일상 속에서 놓치고 있던 것들이 있었다. 아침에 떠오르는 해, 저녁에 지는 노을, 가족들의 웃음소리, 그리고 지금 이 순간 마주하고 있는 바다의 풍경이 갑자기 울렁였다. 어느새 눈에서 눈물이 흐르고 있었다.
"주책이다 진짜!"
옷소매로 누가 볼까봐 얼른 눈물을 닦았다.
그때 핸드폰이 울렸다. 25년 지기인 아제의 연락이었다.
"윤슬, 잘 쉬고 있어?"
"응, 바다 보면서 박카스 마시고 있어."
"박카스? 하하하하. 어때? 기분이 좀 나아졌어? 목소리가 왜 그래? 울었어?"
"아니야……. 아직은 모르겠어. 그런데 이상해. 여기 앉아 있으니까 마음이 편해져."
"그럼 됐다. 가끔은 멈춰 서야 해. 우리 너무 빨리 달려왔잖아."
아제는 문화센터에서 독서 지도를 하는 강사였다. 책을 많이 읽어서인지 항상 적절한 조언을 해주는 친구였다.
"아제야."
"응?"
"나 예전에 은퇴하면 바닷가에 작은 책방 하고 싶다고 했던 거 기억해?"
"물론이지. 매일 하던 얘기잖아." 윤슬은 창밖을 바라봤. 저 멀리 수평선 너머로 해가 지고 있었다.
"나 여기서 살까봐."
전화기 너머로 아제가 놀라는 기색이 느껴졌다.
"갑자기?"
"응, 갑자기. 근데 이상하게 확신이 서."

마을을 돌아봤다. 작은 점방 하나, 파란 슬레이트 지붕에 '부동산'이라고 큰 글씨로 쓰인 건물 하나. 초록색, 주황색, 지붕의 집들이 다닥다닥 붙어 있었다. 촌스럽지만 왠지 정겨웠다.
그날 밤 잠들기 전 남편에게 전화를 걸었다.
"여보, 나 결심했어. 여기서 살고 싶어."
"...뭐?"
"가람비치마을이란 이름도 너무 예쁘고, 동네가 조용하니.. 여기 너무 좋아. 마음이 편해져."
남편은 한참 동안 말이 없었다. 그러다 조심스럽게 물었다.
"정말?"
"응, 정말."
"그럼……. 둘째 대학 보내고 나서 우리 거기로 갈까?"
윤슬의 눈시울이 다시 한 번 뜨거워졌다.
지금까지 이런 무모한 결정을 내린 적이 한 번도 없는 아내의 말을, 남편은 믿어주고 있었다.
"고마워."
"나도 정년 채우고 나서 작은 낚싯배나 한 척 사서 어부가 되어볼까?"
둘은 서로의 모습을 상상하며 웃었다. 쉰 살에 새로운 인생을 계획한다는 것이 우스우면서도 설렜다.

다음 날, 윤슬은 전날 봐둔 부동산을 찾았다. 성격이 급한 편이라 미리 알아보고 싶었다.
"어서 오세요. 뭘 도와드릴까요?"
부동산 사장은 예순 대 후반으로 보이는 할아버지였다.
"집을 좀 알아보려고요. 나중에 이사 올 예정인데……."
"아, 그러세요? 근데 마침 잘 오셨네요." 사장은 웃으며 말했다.
"이 건물은 어때요? 뒤쪽으로 생활 할 수 있는 가정집도 딸려있고, 이 건물 팔까 생각중이거든요." 윤슬은 깜짝 놀랐다.

지금 서 있는 이 부동산 사무소 건물 말인가?
"이 건물요?"
"네, 저희 아들이 도시로 나가면서 부동산을 정리하거든요. 마침 살 사람을 찾고 있었어요."
사장은 윤슬을 건물 뒤편으로 안내했다.
작은 마당을 지나니 ㄷ자 모양의 집이 나타났다. 한옥은 아니었지만 전통적인 느낌을 살린 단층 건물이었다. 자세히 보니 본채를 중심으로 양 옆으로 두 채의 집이 별도로 있는 모양이었다.
"제가 자식이 둘이라 같이 살려고 지었는데, 마누라가 아파서 서울에 큰 병원으로 가게 되었어요. 자식들도 분가해서 각자 서울에 자리도 잡았으니, 이 집에 미련 갖지 말라고는 하는데, 그래도 좀 아쉽기는 하네요. "
부동산 사장은 아련한 눈으로 집 구석구석을 바라보았다.
"아이고, 내가 손님 앞에서 뭐하는 거야. 죄송해요. 흠흠. 그 뭐냐 앞쪽은 사무실이나 가게로 쓰시고, 뒤쪽은 살림집으로 쓰면 딱 좋아요. 마당도 제법 넓고 "

윤슬은 마당에 서서 주변을 둘러봤다. 담장 너머로 바다가 보였다. 아침이면 해가 떠오르는 모습을, 저녁이면 노을이 지는 모습을 매일 볼 수 있을 것 같았다.
'바로 여기다.'
마음속 깊은 곳에서 목소리가 들려왔다.
"얼마예요?"
가격을 듣고 보니 그동안 노후 자금으로 모아두었던 돈과 오르락내리락하는 주식통장을 해지하면 충분히 감당할 수 있는 금액이었다.
그날 윤슬은 아제에게 전화를 걸었다.

"아제야, 나 집 구했어."
"벌써? 너 정말 성격 급하다."
"근데 말이야……. 나 책방 말고 다른 걸 하고 싶어져."
"뭘?"
윤슬은 잠시 망설였다.
"사실……. 책으로 사람들을 위로해줄 만한 능력이 나에게 있을까 싶어서. 아제 너처럼 책을 많이 읽은 것도 아니고."
"그럼 뭘 할 건데?"
"잘 모르겠어. 그냥……. 사람들이 편히 쉴 수 있는 공간이었으면 좋겠어. 너에게 스타벅스 같은 곳 말이야."
아제가 웃었다.
"윤슬아, 넌 여러 취미를 가져봤잖어, 카페도 해봤고 뜨개질도 잘하잖아."
"응?"
"그걸로 작은 공방 같은 거 하면 어때? 어차피 돈 벌려고 하는 게 아니잖아. 물론 돈이 벌리면 좋겠지만. 뭘 하든 넌 잘 할 거야."
윤슬은 고개를 끄덕였다. 취미로 배워둔 뜨개질이 있었다.
"뜨개방이라..."
"그래, 뜨개방. 사람들이 와서 뜨개질도 배우고, 차도 마시고, 이야기도 나누고. 네가 원하는 그런 공간 말이야."
전화를 끊고 나서 윤슬은 한참 동안 바다를 바라봤다. 파도가 밀려왔다 물러나기를 반복했다. 마치 뜨개질의 바늘 길과 같았다. 한 코 한 코, 천천히 그러나 꾸준히.

'뜨개방.'
입 속으로 중얼거려보니 어감이 좋았다. 바닷가 뜨개방. 바람이 불어오는 이 작은 마을에서, 사람들과 따뜻한 이야기를 나누며 한 코씩 엮어가는 공간. 윤슬은 처음으로 마음 깊은 곳에서 웃음이 올라오는 것을 느꼈다. 번아웃으로 지쳐있던 마음에 조그만 불씨가 다시 타오르기 시작했다.
민호가 좋아했을 것 같다는 생각이 들었다. 바다를 보며 뜨개질을 하고, 따뜻한 차를 마시며 이야기를 나누는 그런 공간을.

'고마워, 민호야.'

바람이 불어왔다. 짠 내와 함께 새로운 시작의 냄새를 실어 나르는 바람이었다.

1부. 인연을 이어주는 빨간 색 브로치

1년 정도의 시간을 강원도와 대구를 오가며 부동산 건물을 정성 껏 손봤다. 파란 슬레이트 지붕은 좀 더 짙은 파란색의 지붕으로 바꾸고, 처마 끝엔 몇 해 전 보리암에 갔다가 사온 물고기모양 풍경이 딸랑 거렸다. 벽은 하얀색 회벽으로 마감해 소박하면서도 깔끔한 느낌이 났다. 창문과 문은 나무로 된 격자무늬로 전통적인 멋을 더해주었다.

윤슬은 아침마다 마당으로 나가는 것이 일과가 되었다. 흙바닥에 이름 모를 꽃들이 정갈하게 피어있는 모습을 보는 것만으로도 마음이 편해졌다. 구석에는 영양사였던 티를 내는 듯 항아리들이 옹기종기 모여 있어 은은한 장 냄새를 풍겼다. 된장, 고추장, 간장……. 하나씩 담그면서 느끼는 기다림의 묘미가 있었다.
장독대 위에는 주말에 남편이 다녀간 덕분에 가자미가 깨끗하게 손질되어 햇볕을 받고 있었다. 남편은 어부가 되겠다던 말을 실천하듯 벌써부터 동네 어르신들과 어울려 낚시를 배우고 있었다. 정년까지 아직 몇 년 남았지만, 미리 준비하는 모습이 기특했다.
"뜨개방, 집에 있나?!"
마당을 정리하던 윤슬에게 순자 할머니 목소리가 들려왔다.
일흔이 넘었지만 걸음걸이가 깔쌈하고 목소리도 또렷했다.
"어머, 할머니. 어서 들어오세요."
"아이고, 바쁜데 괜찮나?"
"무슨 말씀이에요. 차 한 잔 하시고 가세요."
윤슬은 진심이었다. 이 작은 마을에 정착한 지 이제 겨우 몇 달이지만, 동네 어르신들의 따뜻함이 얼마나 큰 위로가 되는지 매일 느끼고 있었다. 복잡한 도시에서 살 때는 몰랐던 인정의 소중함을 새삼 깨달았다.

"그런데 말이야, 뜨개방아."
순자 할머니가 차를 한 모금 마시고 나서 입을 열었다.
"이 동네에 젊은 사람이 들어와 사니까 얼마나 좋은지 몰라. 요즘 다들 도시로만 나가는데."
"저야말로 어르신들 덕분에 잘 정착하고 있어요."
"그런데 뜨개질 가르쳐준다고 했지? 나도 젊었을 때 목도리를 뜨긴 했는데 정식으로 배운 건 아니라서 본격적으로 좀 배워볼까 싶어서."
"물론이죠. 언제든 오세요."
뜨개방을 연 지 한 달이 조금 넘었다. 아직 정식으로 홍보를 한 것도 아니고, 그저 동네 어르신들 사이에 공짜로 차 마시는 곳으로 알려진 상태였다. 그래도 일주일에 두세 번은 누군가가 찾아와 뜨개질을 배우거나 그냥 차를 마시며 이야기를 나누고 갔다. 장사가 안되어서 윤슬이 떠날까봐 순자 할머니는 마음이 쓰였다.

"그런 일 하려면 체력이 좋아야 하는데, 뜨개방은 건강해 보여서 다행이야."
할머니의 말에 윤슬은 웃었다. 1년 전 번아웃으로 지쳐있던 자신을 생각하면 격세지감이었다. 바다가 주는 평화로움과 이곳 사람들의 따뜻함이 자신을 치유해준 것 같았다.
"할머니, 진짜 뜨개질 오랜만에 해보시는 거 맞아요?"
"아이고, 옛날에 조금. 애들 스웨터 짜주려고 했는데, 맘처럼 안 되더라고."
"그럼 같이 해봐요. 이 부분은 이렇게 수정하면 더 편하게 하실 거예요."
순자 할머니의 눈이 반짝였다.
"정말이네! 이 나이에도 배울 수 있을까 했는데 이렇게 챙겨주니 쉽네?"
"당연하죠. 뜨개질은 나이가 상관없어요."
남편이 사다준 과일들을 냉장고에 정리하고, 몇 개는 동네 어르신들이 마실 오시면 드려야겠다 싶어서 바구니에 담아 뜨개방으로 나가려던 참이었다.

저 멀리서 커다란 캐리어를 끌고 오는 사람이 보였다. 잔잔한 꽃무늬 머플러를 휘날리며 선글라스를 머리에 얹고 당당하게 걸어오는 모습이 왠지 낯익었다.
'설마······.'
윤슬은 눈을 찌푸리며 자세히 들여다봤다.
"아제?"
맞았다. 아제가 캐리어를 끌고 이 작은 바닷가 마을에 나타난 것이다.
"야, 윤슬!"

아제는 손을 크게 흔들며 소리쳤다. 그 모습이 너무 반가워서 윤슬은 바구니를 내려놓고 달려 나갔다.
"어머, 웬일이야? 어떻게 여기까지?"
"너 보러 왔지. 바다로 간다길래 아주 망망대해 섬에 사는 줄 알았더니 그건 아니네!"
두 친구는 오랜만에 만난 반가움에 서로를 끌어안았다. 아제의 체온이 따뜻하게 전해졌다.
"가까운 곳에 문화센터로 독서 강의를 나오게 됐어. 원래는 나이 들어서 먼 곳은 안 가는데, 너 사는 곳이랑 가까워서 왔지."
아제는 특유의 털털한 미소를 지으며 말했다.
"진짜? 그럼 며칠 있다 가는 거야?"
"응, 일주일 정도."

아제의 손에는 대전에서 유명한 성심당의 로고가 새겨진 빵 세 봉지와 케이크 상자가 들려있었다. 윤슬이 그곳의 딸기 케이크를 좋아한다는 것을 기억하고는 일부터 대전 역에 내려서 딸기 케이크까지 챙겨왔다고 한다.
"이걸 왜 이렇게 많이 샀어?"
"뜨개방 사람들도 줘야지. 너 혼자 다 먹으라고 가져온 건 아니야."
윤슬은 아제를 집으로 데려가 짐을 정리하게 했다.
아제는 씩씩하게 뜨개방 안으로 들어갔다. 역시 예전과 다를 바 없는 털털한 성격이었다.
뜨개방 안을 둘러보던 아제가 감탄사를 내뱉었다.
"와, 정말 예쁘게 꾸몄다. 너답네."
"고마워. 앉아, 차 끓여줄게."
"차 말고 밥. 기차에서 제대로 못 먹었어."

윤슬은 웃으며 부엌으로 향했다. 냉장고에서 어제 끓여둔 된장찌개를 꺼내고, 밥을 해동했다. 뭐 더 해줄거 없나 고민하다가 장독대로 눈이갔다. 가자미도 한 마리 구워주면 되겠다.
"그런데 진짜 왜 왔어? 나 만나러?"
"음……. 그것도 있고."
아제가 머뭇거렸다. 이상했다. 평소 아제는 직설적이고 솔직한 편이었는데.
"뭔가 있구나?"
"에이, 없어. 그냥 너 궁금해서."
하지만 윤슬은 오랜 친구의 표정을 읽을 수 있었다.
분명 뭔가 있었다.

밥상을 차려주니 아제가 눈을 반짝였다.
"우와, 가자미구이다! 역시 바닷가는 달라."
"많이 먹어. 남편이 직접 잡아온 거야."
"진짜? 벌써 어부 일 시작했어?"
"아니야, 아직은 취미로 하는거지. 동네 어르신들에게 낚시 배우는 중이야."
아제는 된장찌개를 한 숟가락 떠먹고는 눈을 감았다.
"아, 이 맛이야. 역시 네가 끓인 된장찌개는 죽인다. 울 시어머니의 솜씨를 능가하는구먼."
밥을 다 먹자마자 아제는 가방에서 약봉지를 꺼내 물과 함께 삼켰다.
"약?"
"혈압약이랑 당뇨약. 요즘 이거 챙겨 먹는 재미에 산다."
아제가 껄껄 웃었지만, 윤슬은 마음이 무거웠다. 친구도 어느새 약을 챙겨 먹을 나이가 된 것이다.

"언제부터?"
"작년부터. 스트레스 받으면 안 된다고 하는데, 어디 요즘 스트레스 안 받고 사는 사람이 있나?"
"스트레스?"
윤슬이 물었을 때, 아제의 표정이 잠깐 어두워졌다.
아제가 서둘러 주제를 돌린다.
"너는 뜨개방 일은 어때? 할만해?"
"재미있어. 너는 어때?"
"생각보다 재밌어. 누가 예상했겠어? 내가 시어머니한테 당했던 스트레스를 책으로 풀어서 돈을 벌게 될 줄."
아제는 껄껄 웃었다.

두 사람은 25살에 대구의 일본계 회사에서 만난 사이였다. 동갑이라서 금세 친해졌고, 타지에서 이사 온 아제는 대구 지리를 잘 몰라서 윤슬이 이것저것 알려줬다.
"야, 너 기억나? 처음에 반월당에서 길 잃어서 울면서 어딘지 모르겠다고 전화했던 거?"
"어떻게 안 기억해. 네가 택시비까지 대신 내주면서 데려다 줬었잖아."
"그때부터 내가 너 보모였어."
일본어 공부를 함께 시작한 것이 인연이었지만, 두 사람의 동행은 거기서 끝나지 않았다. 중국어 공부도 함께 했고, 수영장도 같이 다녔고, 등산도 함께 했다. 심지어 여름 휴가때는 윤슬의 할머니 댁까지 같이 다녔다.
"우리 진짜 모든 걸 함께 했지?"
"그러게. 취미가 똑같았어."
"아니야, 내가 니 취미를 따라했던 거지."

"에이, 뭘. 나도 너 따라한 것도 많아."
아제와 윤슬의 사이가 좋기만 한 것은 아니었다. 회사의 경영 상태가 악화되면서 이직을 하고 각자 새로운 직장에서 적응하기 바빴다. 그래서 정작 서로 남편을 만났을 때는 오히려 연락이 뜸했다.

가끔 아제가 윤슬에게 카카오톡으로 어떻게 지내는지 안부를 묻고, 몇 달에 한 번 만나 차를 마시며 시댁 욕에 남편 욕, 그리고 회사 상사 욕들로 채우기 바쁜 때도 있었다. 그저 일상의 스트레스를 털어놓는 자리였을 뿐, 깊은 대화를 나누기엔 서로 너무 지쳐있었다.
변화의 계기는 아제가 유명 강사의 강의를 듣고 독서지도사를 준비하면서부터였다. 아제는 읽고 좋았던 책을 윤슬에게 추천하기 시작했고, 윤슬도 마음에 드는 구절을 공유하며 응답했다. 책장을 넘기며 발견한 문장들을 서로 나누다 보니, 둘은 생각보다 코드가 통하는 친구임을 확인하기도 했다.

하지만, 현실의 문제에서는 너무 다른 둘은 서로를 이해하지 못했었다.
"너는 정말 좋겠다. 시어머니랑 떨어져 살아서 자유롭고."
아제가 어느 날 카페에서 내뱉은 말이었다. 윤슬은 아제의 말에 순간 기분이 상했다.
아제는 집안일과 육아를 시어머니가 도와주어 자기계발에만 집중할 수 있는 상황인데, 마치 자신이 더 편한 것처럼 말하는 게 억울했다.
"너도 좋잖아. 집안일 걱정 없이 공부만 하면 되고. 나는 퇴근하고 오면 집안일까지 다 해야 하는데." 윤슬의 목소리에도 짜증이 묻어났다.
"공부만 하면 된다고? 시어머니 눈치 보면서 사는 게 얼마나 힘든데. 너는 그런 거 모르잖아." 아제의 목소리가 높아졌다.
"모른다고? 나도 결혼 생활 힘들어. 그런데 넌 항상 자기만 힘들다고 그러잖아." 윤슬도 지지 않았다.
그날 둘은 서로에게 상처가 되는 말들을 쏟아냈다. 아제는 윤슬이 자신의 상황을 이해해주지 못한다고 했고, 윤슬은 아제가 항상 자기 이야기만 한다고 맞받았다. 서로 다른 환경에서 살며 쌓인 스트레스가 친구에 대한 부러움과 질투로 변해, 결국 감정의 폭발로 이어진 것이다.

그날 이후 둘은 연락을 끊었다. 카카오톡으로 주고받던 일상의 안부도, 책 추천도 모두 멈춰버렸다. 한 달이 지나고, 두 달이 지났다.
자신만의 일상에 묻혀 지내면서도, 가끔 상대방 생각이 났다. 그럴 때마다 그날의 말들이 떠올라 먼저 연락하기가 어려웠다.
계절이 바뀌어 가을이 깊어질 무렵, 윤슬이 먼저 용기를 냈다.
"아제야, 그동안 잘 지냈어?"
간단한 문자 한 통이었지만, 아제에게는 반가움과 미안함이 동시에 밀려왔다.
아제도 그동안 윤슬에게 먼저 연락하고 싶었지만 자존심 때문에 망설이고 있었던 터였다.
"윤슬, 나야말로 미안해. 그날 너무 감정적으로 말했어."
"아냐, 나도 미안해. 너 힘든 거 투정이라고만 생각했어. 이해하려고 하지 않았던 것 같아."
둘은 다시 만나 이야기를 나눴다. 이번에는 서로를 탓하는 대신, 각자가 처한 상황의 어려움을 솔직하게 털어놓았다. 아제는 시어머니와 함께 사는 것이 도움이 되기도 하지만, 때로는 숨 막히게 느껴진다고 했다. 윤슬은 자유로워 보이지만 모든 걸 혼자 해결해야 하는 부담이 크다고 말했다.
"우리 왜 그랬을까? 서로 힘든 거였는데."
윤슬이 쓴웃음을 지었다.
"맞아. 나도 네가 부러웠나 봐. 그런데 너도 너만의 힘든 점이 있었구나."
아제가 고개를 끄덕였다.
그 갈등을 통해 둘은 서로를 더 깊이 이해하게 되었다. 각자의 상황이 완벽하지 않다는 것, 그리고 친구란 서로의 어려움을 함께 나누는 존재라는 것을 깨달았다.

그 후 아제와 윤슬의 관계는 이전보다 훨씬 더 편한 사이가 되었다. 서로에게 솔직해질 수 있게 되었고, 힘들 때는 위로를 구하고, 기쁠 때는 함께 기뻐할 수 있게 되었다. 아제가 독서지도사 자격증을 땄을 때 윤슬이 진심으로 축하해줬고, 윤슬이 회사에서 승진했을 때 아제가 가장 먼저 축하 메시지를 보냈다.
둘은 이제 서로의 다른 점을 부러워하는 대신 인정하고 받아들였다. 시어머니와 함께 사는 아제의 답답함도, 모든 걸 혼자 감당해야 하는 윤슬의 외로움도 모두 이해할 수 있게 되었다.
"좋은 친구는 좋은 일에 함께 웃어주는 사람"이라는 누군가의 말처럼, 아제와 윤슬은 이제 진정으로 서로의 행복을 바라는 친구가 되었다. 갈등을 겪고 화해하는 과정을 통해, 그들의 우정은 더욱 단단해졌다. 서로 다른 삶을 살고 있지만, 그 차이가 질투의 대상이 아닌 이해의 출발점이 된 것이다.
때로는 부딪히고 상처받더라도, 진심으로 서로를 아끼는 마음이 있다면 더 깊은 우정으로 발전할 수 있다는 것을 둘은 몸소 깨달았다. 이제 그들은 책을 추천하며 나누는 대화 속에서, 단순한 공감을 넘어서 진정한 이해와 지지를 주고받는 소중한 친구가 되었다.

이제는 그때의 모든 이야기들이 서로의 추억거리가 되었다. 벌써 오십을 넘는 나이가 된 것이다.
"시집살이가 그렇게 힘들었어?"
"힘들기보다는....시간이 없지. 애 키우랴, 시어머니 눈치 보랴."
아제는 쓴웃음을 지었다.
"그래도 그 경험을 책으로 풀어낸 건 대단해."
"그게 아니면 정말 미쳐버렸을 거야. 책 읽으면서 스트레스를 풀고, 시간 관리하는 방법을 익혔거든. 그게 지금 내 강의 주제가 됐고."
윤슬은 아제의 변화가 신기했다. 예전에는 무계획적이고 덜렁거리던 친구가 이제는 전국을 다니며 강의하는 전문 강사가 되어 있었다.

"너는 어때? 영양사 일은 아주 그만둔 거야?"
"응. 뜨개방만 하고 싶어. 이게 더 재밌어."
"드디어 꿈을 이룬건가?"
아제의 눈이 반짝였다.
"너 기억하지? 내가 뜨개방 하라고 했던 거?"
윤슬이 고개를 끄덕였다. 대구에서 강원도로 훌쩍 여행을 떠났을 때, 아제가 "너는 손재주도 좋고 사람들 가르치는 것도 좋아하니까 뜨개방 같은 공방을 하면 좋을 것 같아"라고 말했던 것이 기억났다.
"그때는 영양사 일 그만두고 뜨개방을 전업으로 하는 게 말도 안 된다고 했으면서."
"그때는 안정적인 직장을 놓는 게 무서웠잖아. 근데 정말 네 말이 맞았어. 이게 내 천직인 것 같아."
"나는 진작 알아봤어. 네가 뜨개질에 재능이 있을 거라는 걸."
"어떻게 알았어?"
"직장 다닐 때부터 너 손재주 좋았잖아. 회사 행사 때 소품 만드는 것도 잘하고, 선물 포장도 예쁘게 하고. 그리고 사람들 가르치는 것도 좋아했고."
아제는 득의양양한 표정을 지었다.
두 사람은 서로의 변화에 놀라면서도, 여전히 편안한 사이임을 느꼈다. 아제의 조언으로 시작한 뜨개방이 이렇게 윤슬에게 새로운 삶을 가져다준 것이 신기했다.
"정말 고마워. 네 조언 덕분에 새로운 인생을 살고 있어."
"뭘. 나도 네가 하는 모습 보니까 뿌듯하다."
특히 연애 이야기가 나오자 두 사람은 더욱 신나게 수다를 떨었다.
"야, 너 기억나? 회사 다닐 때 그 과장?"
"어떤 과장?"
"영업부에 있던 그 잘생긴 과장! 너 때문에 내가 얼마나 고생했는데."
윤슬이 웃으며 말했다.
"아, 그 과장님! 왜 갑자기 그 이야기를 해?"
"너 걔 좋아한다고 나한테 연락처 알아달라고 했잖아. 근데 정작 연락처 받고는 뭘 했어?"
"...전화를 못 했지."
"3개월 동안 연락처만 쳐다보고 있었잖아!"
두 사람은 배꼽을 잡고 웃었다.

"너는 어때? 그 직장 동료는?"
아제가 되물었다.
"어떤 동료?"
"결혼식 때 같이 온 그 남자! 분명히 뭔가 있다고 했잖아."
"아,? 걔는... 그냥 친구야."
"'그냥 친구'를 결혼식에 데려가?"
"정말 아무것도 아니었어!"
"근데 왜 얼굴이 빨개져?"
두 사람은 서로의 연애 흑역사를 속속들이 알고 있었다. 윤슬의 첫사랑부터 아제의 썸남들까지, 모든 연애사를 공유한 사이였다.
"생각해보니까 우리 진짜 모든 걸 다 얘기했네."
"그러게. 연애 상담도 얼마나 많이 했어."
"근데 정작 우리 둘 다 제대로 된 연애는 못했잖아."
"그게 바로 문제야. 서로 너무 잘 알아서 현실적으로 분석해버리니까."
윤슬은 아제의 억지 웃음을 찾아냈다.
"이제 말해. 뭐야? 무슨 일이야?"
"뭐, 별거 아니야."
"야, 나한테 뭘 숨겨. 무슨 일이야?"
한참을 망설이던 아제가 입을 열었다.
"시어머니 때문에... 사실 나 가출했어."
"뭐?"
윤슬은 깜짝 놀랐다. 아제와 시어머니의 관계가 좋지 않다는 건 알고 있었지만, 가출이라니.
"너 알잖아, 우리 어머니 성격. 선머슴 같은 내 성향을 결혼 초부터 질색하셨어. 이제는 포기하실 때도 됐는데, 참 안 바뀌시더라."

아제의 목소리에 지침이 묻어 있었다.
"보다 못한 남편이 출장 간다고 하고 일주일 가라며 보내줬어."
"그래서 여기 온 거구나."
"응. 딸아이는 친구들 만나러 다니느라 얼굴 보기 힘들고, 남편은 벌써부터 은퇴 후 청도에 복숭아밭 가꾸려고 주말에는 친구네 가서 배우면서 일 돕느라 바쁘니까, 시어머니가 심심하셨는지, 며느리라도 집에서 말동무 해주길 바라셨는데..."
아제가 한숨을 쉬었다.
"내 성격상 집에 들어앉아 있기는 힘들잖아. 그게 스트레스였나 봐."

그날 저녁, 두 친구는 바다를 보며 오랫동안 이야기를 나눴다. 파도 소리가 규칙적으로 들려와 마음을 편하게 해주었다.
"넌 여기 와서 정말 좋아 보인다."
"그래?"
"응. 예전에 복지관에서 일할 때보다 훨씬 편해 보여. 표정도 부드러워졌고."
윤슬은 미소를 지었다. 자신도 그렇게 느끼고 있었다.
"처음엔 무작정 온 거 아닌가 싶어서 걱정했는데, 잘한 것 같아."
"고마워. 그런데 넌 어떻게 할 거야? 계속 피해 다닐 순 없잖아."
아제가 쓴웃음을 지었다.
"모르겠어. 정말 모르겠어."
"시어머니도 나이 드시면서 외로우신 거 아닐까?"
"그럴 수도 있지. 하지만 나도 사람인데, 매일 눈치 보면서 살기엔 너무 힘들어."
윤슬은 고개를 끄덕였다. 며느리로 살아가는 것의 어려움을 모르는 바 아니었다.

아제는 잠시 바다를 바라보다가 깊은 한숨을 쉬었다.
"있잖아... 나도 처음엔 어머니를 이해하려고 정말 노력했어."
"그래?"
"내가 워낙 독특한 며느리잖아. 큰 덩치에 큰 목소리, 덜렁거리는 성격에 집안일도 서툴고."
아제가 씁쓸하게 웃었다.
"어머니는 평생 살림만 하시며 사셨는데, 나처럼 뭐든 대충대충 하는 스타일을 이해 못 하시겠더라고. 처음엔 찬성해주셨는데, 막상 살아보니..."
윤슬은 조용히 아제의 말을 들었다.
"결혼 초기엔 정말 열심히 했어. 새벽 네 시에 일어나서 친정아버지 병원가야해서 일찍 나올 때,
아침은 신경 쓰지 말라고 해주신 어머니 감사해서 드실 약도 챙겨드리고. 좀 더 살갑게 해보려고 노력도하고. 근데 내 방식이 다르니까 계속 지적받는 거야."
아제의 목소리에 지침이 묻어났다.
"가끔 만드는 '반찬은 왜 이렇게 짜게 했니', '청소는 이렇게 하는 게 아니야', '빨래도 제대로 못 개니?' 매일 뭔가 틀렸다는 소리를 듣는 기분이었어."
"힘들었겠다..."
"그래도 참았지. 어머니도 나름 가르쳐주시려는 마음이라고 생각하면서. 근데 어느 날은 정말..."
아제가 목을 가다듬었다.
"야근하고 밤 늦게 들어갔는데, 어머니가 베란다에서 생선을 굽고 계시더라고. 내가 '어머니, 이 시간에 왜 생선을?' 했더니, 갑자기 후라이팬을 바닥에 집어던지시는 거야."
"어머..."

"'니가 언제 집에 들어와서 밥이라도 제대로 챙겨 먹은 적 있니! 이 시간에 생선이라도 구워줄 사람이 나 말고 또 누가 있니!'라며 소리지르시면서..."
아제의 눈시울이 붉어졌다.
"그때 정말 서운하더라. 어머니가 얼마나 답답하셨을지... 근데 나도 억울하더라고. 일해서 돈 벌어오는 것도 나름 가족을 위한 일인데, 왜 집안일만이 진짜 일인 것처럼 여기시는지."
윤슬은 아제의 손을 조용히 잡았다.

"그런데 말이야, 나도 누구 챙기고 눈치보고 이제는 힘들다. 어릴 때부터 늘 누군가를 챙기며 살았거든."
아제가 어린 시절을 떠올리듯 먼 눈을 했다.
"여섯 살 때 부모님이 맞벌이하시느라 할머니 댁에 맡겨졌어. 두 살 어린 동생이랑 같이. 그때부터 동생 손을 꼭 잡고 다녔지. 밥 먹을 때도, 잠잘 때도, 어디 갈 때도."
"어린 나이에..."
"할머니가 '언니가 동생을 잘 챙겨야 한다'고 하셨거든. 그래서 동생이 다치지 않게, 울지 않게, 밥도 잘 먹게 하려고... 정말 온 신경을 쓰면서 살았어."
아제의 목소리가 점점 작아졌다.
"아홉 살이 되어서야 부모님과 함께 살게 됐는데, 그때부터는 또 다른 걱정이 시작됐지. 아버지가... 아버지가 문제가 많으셨거든." 윤슬은 말없이 들어주었다.
"도박도 하시고, 다른 여자 문제도 있고... 엄마가 늘 우시고, 동생은 무서워하고. 그래서 또 내가 엄마랑 동생을 지켜야 한다는 생각뿐이었어. 혹시라도 가족이 흩어질까 봐, 엄마가 우리를 두고 떠나실까 봐..."

"정말 힘들었겠다."
"밤에 잠자리에서도 엄마 손을 꼭 잡고 자곤 했어. 아침에 눈 뜨면 엄마가 없을까 봐서. 동생도 마찬가지고."
아제가 잠시 말을 멈추고 파도 소리를 들었다.
"그렇게 살다가 아버지가 당뇨 합병증으로 몸이 안 좋아지셨어. 그때 엄마가 '이제는 아버지를 돌봐야 한다'고 하시더라고."
"그래서 병원에..."
"응. 그렇게 용서할 수 없던 아버지였는데도, 새벽마다 일어나서 병원에 모셔다드렸어. 일주일에 서너 번씩. 투석 받으시고, 검사 받으시고..."
아제의 눈에서 눈물이 흘렀다.
"만삭이 되어서야 그만뒀지. 배가 너무 나와서 아버지를 부축하기도 힘들어져서."
윤슬도 울컥했다.
"그런데 웃긴 게 뭔지 알아? 아들 없는 집에서 평생 아들 역할을 하며 살았는데, 정작 결혼해서는 제대로 된 며느리 노릇을 못한다는 거야."
"그런 게 아니야..."
"어머니 입장에서는 답답하셨을 거야. 평생 살림만 하시며 집안을 완벽하게 돌보셨는데, 나처럼 뭐 하나 제대로 할 줄 아는 게 없는 며느리가 들어왔으니..."
아제가 손으로 눈물을 닦았다.
"처음엔 귀한 아들이 데리고 온 여자니까 반대하면 안 될 것 같아서 찬성해주셨지만, 막상 함께 살아보니 마음에 안 드실 수밖에."
"그래도 서로 이해하려고 노력할 수 있잖아."
"그래서 더 힘든 거야. 어머니는 나를 이해하려고 안 하시고,

나는... 나도 모르게 어머니를 피하게 되고. 마치 어릴 때 아버지 피하던 것처럼."
아제가 고개를 떨어뜨렸다.
"결국 또 도망친 거지. 이번에도."
윤슬은 아제를 꽉 끌어안았다. 친구의 오랜 상처와 외로움이 느껴졌다.
"아제야, 네가 도망친 게 아니야. 너무 오랫동안 혼자 버텨온 거야."

다음 날부터 아제는 윤슬과 함께 하루하루를 보냈다. 아침을 함께 먹고, 점심을 함께 준비하고, 저녁에는 동네를 산책했다.
동네 어르신들도 아제를 반갑게 맞아주었다.
"뜨개방 사장 친구인가? 어머, 똑 닮았네요."
순자 할머니가 웃으며 말했다.
"정말요? 어디가 닮았어요?"
"성격이. 둘 다 털털하고 시원시원하고."
아제도 어르신들과 금세 친해졌다. 문화센터에서 강의하던 경험 덕분인지 대화를 이끄는 솜씨가 있었다.
"할머니, 책 읽으세요?"
"책은 무슨. 글자가 너무 작아서 눈이 아파."
"그럼 제가 읽어드릴까요? 재미있는 이야기 많이 알거든요."
순자 할머니의 눈이 반짝였다.
"정말?"
그렇게 아제는 뜨개방에서 어르신들에게 책을 읽어주는 시간을 만들었다. 옛날이야기부터 현대소설까지, 아제의 목소리에 맞춰 이야기가 펼쳐졌다.
"너 정말 뜨개질 잘한다."

사흘째 되는 날, 아제는 윤슬이 동네 할머니들과 함께 뜨개질하는 모습을 지켜봤다.
"아직 멀었어. 배울 게 많아."
윤슬은 바늘을 움직이며 말했다. 한 코 한 코, 정성스럽게 떠나가는 모습이 평화로워 보였다.
그런데 갑자기 실이 꼬였다.
"아, 실수했네."
윤슬은 당황하지 않고 차근차근 실을 풀기 시작했다.
"다시 풀어야겠어."
"에이, 그냥 두면 안 돼?"
옆에서 지켜보던 순자 할머니가 말했다.
"아니에요. 이렇게 꼬이면 나중에 더 복잡해져요. 지금 풀어야 해요."
윤슬은 인내심을 갖고 한 코씩 풀어냈다. 아제는 그 모습을 가만히 지켜봤다.
"힘들지 않아? 처음부터 다시 떠야 하는 거잖아."
"괜찮아요. 뜨개질은 원래 그런 거예요."
윤슬이 다시 바늘을 들었다.
"한 번 엉키면 더 많은 노력을 들여야 해요. 하지만 제대로 풀고 다시 시작하면 더 예쁜 결과물이 나와요."
그 순간 아제의 마음에 뭔가 꽂혔다. 윤슬의 말이 계속 머릿속을 맴돌았다.

'한 번 엉키면 더 많은 노력을 들여야 해. 하지만 제대로 풀고 다시 시작하면 더 예쁜 결과물이 나와.'

아제는 자신을 돌아봤다. 시어머니와의 관계가 엉켰을 때, 자신은 어떤 노력을 했을까? 피하기만 했던 것은 아닐까?
"아제야?"
그런 마음을 눈치챘는지 윤슬은 조용히 아제를 불렀다.
"응?"
"뜨개질도 인생이야."
윤슬이 고개를 들어 아제를 바라봤다.
"관계가 엉키면 다시 푸는 데 더 많은 노력을 들여야 하지."
윤슬은 미소를 지었다.
"그렇지. 하지만 그 노력이 헛되지 않아. 더 단단하고 아름다운 결과를 만들어내거든."
아제는 가만히 고개를 끄덕였다.

그날 밤, 아제는 뜨개방 마루에 누워 천장을 바라봤다. 바다에서 들려오는 파도 소리가 마음을 진정시켜 주었다.
문득 시어머니의 모습이 떠올랐다. 혼자 큰 집에서 지내시는 모습, 며느리와 대화하고 싶어 하시던 모습, 그리고 자신이 피하듯 나갔을 때의 서운한 표정.
'나는 어떤 노력을 했지?'
돌이켜보니 제대로 된 대화를 시도해본 적이 없었다. 그저 부딪히지 않으려고, 상처받지 않으려고 피하기만 했다.

'지금도 도망친 거 아닌가?'
마음이 무거워졌다. 친구 집에 와서 며칠 편히 쉬긴 했지만, 근본적인 해결책은 되지 않았다.

다음 날 아침, 아제는 일찍 일어나 짐을 챙기기 시작했다.
"벌써 가려고?"

"응. 강의 의뢰가 들어와서, 준비도 해야하고, 가야할 때가 된 것 같아."
윤슬은 아쉬운 표정을 지었다.
"며칠 더 있다 가지 그래."
"안 돼. 더 있으면 정말 도망자가 되는 거야."
아제가 쓴웃음을 지었다.
"어머니께 먼저 대화 신청 할 거야. 이야기를 제대로 해봐야겠어."
"잘 생각했어."
윤슬이 따뜻하게 말했다.
"처음엔 서툴겠지만, 계속 시도하다 보면 언젠가는 예쁜 결과가 나올 거야."
"그럴까?"
"당연하지. 너도 어머니도 다 좋은 사람들인데, 방법만 찾으면 돼."

아제가 떠나기 전, 동네 어르신들이 배웅을 나왔다.
"책선생, 또 오세요!"
"다음에 오시면 더 재미있는 책 읽어주세요!"
"네, 꼭 다시 올게요."
아제는 진심으로 대답했다. 이곳에서 보낸 며칠이 정말 소중했다.
"고마워."
"뭘. 친구끼리."
"아니야, 정말 고마워. 너 덕분에 용기가 생겼어."
두 친구는 다시 한 번 끌어안았다.
"잘 지내, 또 올게."

"언제든 환영이야."
캐리어를 끌고 떠나는 아제의 뒷모습을 보며 윤슬은 미소를 지었다. 친구가 용기를 찾은 것 같아 기뻤다.
아제가 떠나고 나서 윤슬은 뜨개방을 정리하다가 작은 쪽지를 발견했다.

'윤슬, 잘 놀다 간다. 또 올게. - 아제'

그리고 그 밑에는 작은 봉투가 놓여 있었다. 안을 들여다보니 지폐 몇 장이 들어있었다.
"이 기지배 참…"
윤슬은 어이없으면서도 고마웠다. 그동안의 숙박비라며 돈을 놓고 간 것이다.
"기지배, 좋아하는 고기 반찬도 많이 못 해줬는데… 얘하고는 회사에서 만나 친해져서 이렇게 인연이 이어질 줄은 몰랐는데… 전생에 얘랑 나랑 빨간 실이라도 엮였던 거 아닌가 몰라. 참 고맙고 든든한 친구야."
생각이 깊어지자 오히려 아제에게 위로를 받는 것 같았다. 아제의 조언 덕분에 이렇게 내 꿈을 실천할 수 있었으니까.
아제에게 작은 선물을 해야겠다. 아까 생각난 빨간색이 아른거려 빨간 실을 들고 아제에게 어울릴 브로치를 만들기 위해 코를 잡았다.

며칠 뒤, 아제에게서 문자가 왔다.
'어머니와 긴 대화를 했어. 서로 오해했던 부분도 있었고, 내가 너무 성급했던 것 같아. 시간이 걸리겠지만 천천히 풀어가볼게. 고마워.'
윤슬은 미소를 지으며 답장을 보냈다.

'다행이다. 뜨개질처럼 차근차근 해봐. 언제든 힘들면 여기로 와.'
그날 저녁, 윤슬은 뜨개방에 앉아 브로치를 몇 개 더 시작했다. 한 코 한 코, 정성스럽게 떠나가면서 생각했다.
사람과 사람 사이의 관계도 뜨개질과 비슷한 것 같다. 때로는 실수도 하고, 실이 꼬이기도 하지만, 인내심을 갖고 다시 시도하면 아름다운 결과를 만들 수 있다.
아제가 용기를 내어 시어머니와 대화를 시도한 것처럼, 자신도 이곳에서 새로운 관계들을 하나씩 엮어가고 있었다.
바다에서 불어오는 바람이 창문을 통해 들어왔다. 짠내와 함께 어딘가 따뜻한 냄새가 섞여 있었다.

'아제가 맘에 들어할까?'
윤슬은 설레는 마음으로 뜨개질을 계속했다. 한 코 한 코, 새로운 이야기를 만들어가듯이.

2부 - 세가지 색, 조끼

뜨개방 문이 조용히 열렸다. 따스한 햇살이 쏟아지는 오후, 삐걱거리는 문 소리와 함께 앳된 얼굴의 젊은 여성이 망설이는 듯 문 앞에 섰다. 서른두 살의 지현이였다.
그녀의 손에는 닳아 해진 기저귀 가방이 들려 있었다.
"안녕하세요."
지현의 목소리는 지쳐 보였다. 며칠 밤을 새운 듯 눈 밑은 퀭했고, 잘 정돈되지 않은 머리카락에서는 오랜 육아의 흔적이 느껴졌다.
"어서 오세요. 차 한잔 드릴까요?"
윤슬의 따뜻한 목소리에 지현의 표정이 조금 풀렸다. 한숨을 쉬며 자리에 앉은 그녀의 눈빛에는 깊은 피로와 공허함이 서려 있었다.
"혹시 뜨개질 배우러 오셨어요?"
"아... 사실 어린이집 차 태워보내고 집까지 갈 기운이 없어서...

들어왔어요. 죄송해요."
지현은 고개를 숙였다. 아이 셋을 키우는 것이 얼마나 힘든 일인지, 너무 잘 알고 있었다. 자신도 두 딸을 키우며 그런 시절을 보냈으니까.
"괜찮아요. 저희 가게 차 드시러 오시거나 그냥 지나가면서 들리기도 하는 곳이에요. 부담 갖지 마세요."
윤슬은 캐모마일 차를 건네며 자리를 비켜주었다.
지현이 차를 홀짝이는 동안, 윤슬이 카운터에 앉아 만들고 있던 가방의 손잡이 부분을 코바늘로 뜨고 있었다. 규칙적인 바늘 소리가 뜨개방 안에 잔잔하게 울려 퍼졌다.

지현은 그 모습을 유심히 지켜봤다. 한 코 한 코, 정성스럽게 이어지는 실의 흐름이 신기했다. 자신도 저렇게 무언가에 집중할 수 있을까?
"뜨개질 금방 배울까요?"
지현이 조심스럽게 물었다.
"제가 잘할 수 있을지 모르겠어요. 뭘 해도 잘하는 게 없어서요."
지현의 목소리에는 깊은 자괴감이 묻어 있었다. 윤슬이 손을 멈추고 그녀를 바라봤다.
"잘하는 게 없다고요?"
"네... 엄마도 제대로 못하겠고, 아내도 제대로 못하겠고."
지현은 고개를 떨구었다.
"어제도 큰애가 우유를 흘렸는데, 저도 모르게 소리를 질렀어요. 아이가 울면서 '엄마 무서워'라고 하는데, 그때 정말... 내가 무슨 짓을 하고 있나 싶었어요."
윤슬은 차를 다시 우려주며 자리에 앉았다.
"지현씨, 아이들 몇 살이에요?"

"여섯 살, 다섯 살, 네 살이요. 다 한 살씩 차이예요."
"어머, 그럼 정말 힘드시겠어요."
윤슬은 진심으로 공감했다. 한 살 차이로 세 아이를 키운다는 것, 상상만 해도 어지러웠다.
"남편분은 어떤 일 하세요?"
"근처 항에서 물고기 잡아요. 새벽에 나가서 저녁에 들어와요. 도움은 받지만... 낮에는 혼자서 아이들 봐야 해서요."
지현의 목소리가 더욱 작아졌다.
"그리고... 저희 부부 둘 다 고아거든요. 친정도 시댁도 없어서 도움받을 곳이 없어요."
윤슬의 마음이 찡했다. 아이 셋을 키우면서 의지할 곳 하나 없다는 것, 그 외로움과 막막함이 어떨지 충분히 이해할 수 있었다.
"힘드시겠어요."

"어제 밤에도 막내가 열이 나서 밤새 못 잤어요. 그런데 아침에 일어나서 애들 어린이집 보낼 준비하는데, SNS 알림이 와서 보게 됐어요."
지현은 핸드폰을 꺼내 인스타그램의 피드를 보여줬다.
화면 속에는 비키니를 입고 바닷가 앞에서 늘씬한 몸매를 과시하는 친구의 사진이 있었다.
'몰디브 여행 중'이라는 해시태그와 함께.
"이 친구는 저랑 동갑인데, 아이가 없어요. 보세요, 얼마나 자유로워 보여요."
다음 사진은 친구들과 파티를 즐기는 모습이었다. 예쁘게 차려입고 와인잔을 들고 웃고 있는 여성들.
"이 친구들은 다 결혼했는데 아이들이 크거나 한 명씩만 있어요. 저녁에 이런 모임도 할 수 있고요."

지현의 목소리에 부러움과 서글픔이 섞여 있었다.
"저도...정말 열심히 살았거든요. 그런데, 언제 마지막으로 예쁘게 옷 입고 나갔는지도 기억이 안 나요. 매일 아이들 똥 오줌 치우고, 밥 먹이고, 재우고... 이게 제 인생의 전부인 것 같아요."
윤슬은 조용히 듣고 있었다.
"가끔 거울을 보면 완전히 다른 사람 같아요. 예전의 나는 어디 갔을까, 그런 생각이 들어요."
"지현씨."
윤슬이 부드럽게 말했다.
"뜨개질은 완벽하지 않아도 괜찮아요."
지현은 고개를 들어 윤슬을 바라봤다.
"실수해도 괜찮고, 코가 빠져도 괜찮아요. 뜨개질은 완벽함이 아니라, 과정의 즐거움이니까요."

윤슬이 알록달록한 실타래와 뜨개바늘을 그녀 앞에 놓아줬다.
"한번 배워볼까요? 아이들 겨울 조끼라도 하나씩 떠주면 좋을 것 같은데."
지현이 조심스럽게 바늘을 잡았다. 윤슬은 한 코 한 코 뜨는 법을 천천히 알려줬다.
"처음에는 이렇게 실을 감고요..."
"네."
"그리고 바늘을 이렇게..."
손이 익숙하지 않은 듯 자꾸만 실을 엉키게 했다.
"아, 또 망쳤어요."
"괜찮아요. 다시 풀면 돼요."
윤슬은 엉킨 실을 풀어주며 말했다.
"제가 처음 뜨개질 배울 때도 이랬어요. 실수 투성이였죠."

"정말요?"
"네. 큰딸 목도리 하나 뜨는 데 두 달이 걸렸어요. 풀었다 떴다 하면서요."
지현이 처음으로 작은 미소를 지었다.
"그런데 말이에요, 지현씨."
윤슬이 다시 바늘을 들며 말했다.
"아이를 키우는 것도 뜨개질과 비슷하지 않나요? 때로는 마음처럼 되지 않고, 실이 엉키기도 하고요. 하지만 그 모든 과정이 우리 아이들을 더 단단하고 아름답게 만들어주는 과정일 거예요."
지현은 그 말에 잠시 멍하니 있었다. 아이들을 키우면서 늘 완벽한 엄마가 되어야 한다는 강박에 시달렸다. 아이들의 작은 실수에도 크게 화를 내고, SNS 속 '완벽한 엄마'들과 자신을 비교하며 자책했다.

'나는 정말 좋은 엄마일까?'
그녀의 눈에 눈물이 고이기 시작했다.
"지현씨."
윤슬이 그런 지현의 손을 따뜻하게 잡아줬다.
"완벽한 뜨개질은 없어요. 그리고 완벽한 엄마도 없어요."
"하지만 최선을 다하는 엄마는 있죠. 지현씨는 이미 충분히 잘하고 있어요."
윤슬의 말에 지현의 눈물이 또르르 떨어졌다.
"정말... 그럴까요?"
"그럼요. 아이들은 지현씨의 사랑과 노력으로 이미 빛나는 아이들로 자라고 있을 거예요."
"네, 하지만... 다른 엄마들은..."
"다른 엄마들과 자신을 비교하지 마세요."

윤슬이 지현의 말을 부드럽게 가로막았다.
"그건 아무 의미 없어요. 지현씨가 뜨개질을 하면서 실을 꼬는 것도, 아이들이 밥 먹다 흘리는 것도, 전부 지현씨 삶의 소중한 한 부분이에요."
"하지만 저는..."
"그 불완전함이 바로 지현씨만의 아름다움이에요."
윤슬은 창밖을 바라봤다. 바다가 평온하게 펼쳐져 있었다.
"저기 바다를 보세요. 파도가 언제나 완벽한 모양으로 밀려오나요?"
지현도 창밖을 바라봤다.
"아니요."
"그렇죠. 때로는 크게, 때로는 작게, 때로는 부서지기도 하죠. 하지만 그 모든 파도가 다 아름다워요."

그날부터 지현은 거의 매일 뜨개방을 찾았다. 아이들을 어린이집에 보낸 후, 짧은 자유 시간을 이곳에서 보내는 것이 일과가 되었다.
"오늘은 뭘 배워볼까요?"
"아이들 겨울 조끼를 만들고 싶어요."
지현의 목표는 분명했다. 겨울이 오기 전에 세 아이에게 따뜻한 조끼를 하나씩 만들어주고 싶었다.
"좋은 생각이에요. 어떤 색깔로 할까요?"
"큰애는 파란색을 좋아하고, 둘째는 분홍색, 막내는... 노란색이 어울릴 것 같아요."
"예쁘겠어요. 그럼 먼저 큰애 것부터 시작해볼까요?"
윤슬은 파란색 털실을 꺼내 보여줬다. 부드럽고 따뜻해 보이는 털실이었다.

"와, 정말 예뻐요."
지현의 눈이 반짝였다. 오랜만에 보는 진짜 웃음이었다.
"지현씨, 첫째가 여섯 살이면 이 정도 사이즈면 될 것 같은데요."
윤슬은 아이 조끼 본을 보여줬다.
"생각보다 복잡해 보이네요."
"처음에는 그렇게 보이지만, 차근차근 하면 생각보다 쉬워요. 뭐든 처음이 어려운 법이죠."
바늘을 잡는 법부터 다시 알려줬다. 지현씨는 집중해서 따라 했지만, 역시 쉽지 않았다.
"아, 또 엉켰어요."
"괜찮아요. 천천히 해봐요."
윤슬은 인내심을 갖고 몇 번이고 알려줬다.
"사장님, 저 정말 손재주가 없나 봐요."
"그런 말 하지 마세요. 아이 셋을 키우는 게 얼마나 대단한 손재주인데요."
"그게 손재주인가요?"
"당연하죠. 세 아이의 서로 다른 성격을 파악해서 돌보고, 밥 먹이고, 재우고, 아플 때 간병하고... 이런 게 다 손재주 아니면 뭐예요?"

그때 뜨개방 문이 열리며 동네 할머니들과 온천 여행을 다녀온 순자 할머니가 들어왔다.
손에는 온천에서 샀다며 맥반석 계란이 들려있었다. 차를 타고 조금만 나가도 구할 수 있었지만, 윤슬을 생각해서 온천에서부터 사 들고 온 것이다.
"뜨개방, 밥 먹었어? 아이고, 손님이 계시네."
"어서오세요, 이 분은 지현씨예요. 뜨개질 배우러 오셨어요."

"아이고, 반가워요. 지현씨라고 하셨지?"
순자 할머니가 계란을 내밀며 옆에 앉으며 물었다.
"혹시 아이 있어요?"
"네, 셋이요."
"셋? 어머나! 그러고 보니 가끔 점방 앞을 지나간 걸 본 것 같은데"
순자 할머니가 깜짝 놀라며 손뼉을 쳤다.
"아! 네. 맞아요. 아이들 어린이집 다닐 때 지나갔어요."
"대단해. 세 명이나! 이 동네에서는 상을 줘야 해!"
"상을요?"
"그럼! 요즘 젊은 사람들이 아이를 안 낳아서 우리 동네도 애들이 없어. 세 명씩이나 낳다니, 대단해!"

순자 할머니의 진심 어린 칭찬에 지현은 당황했다. 평소 자신이 짐스럽게 여겼던 것을 이렇게 대단하다고 말해주는 사람은 처음이었다.
"몇 살이야? 어려보이던데"
"여섯 살, 다섯 살, 네 살이요."
"어머, 연년생이네! 그럼 정말 바쁘겠어."
"네... 매일 정신없어요."
"당연하지. 애 하나 키울 때도 정신없었는데, 셋을 키우다니."
순자 할머니는 지현의 손을 잡았다.
"고생 많아, 정말."
그 한마디에 지현은 울컥했다. 아이들을 키우느라 힘들어도 누구하나 '고생한다'고 말해준 사람이 없었다. 오히려 '당연한 일'이라고만 여겨졌다.
"혹시 남편은 도와줘?"

"네, 어부라서 새벽에 나가지만 저녁에는 아이들이랑 잘 놀아줘요."
"그래도 낮에는 혼자겠네."
"네..."
"그럼 우리가 도와줘야겠어. 새댁, 아이들 데리고 가끔 우리 집으로 놀러 와. 할머니들은 애 보는 거 좋아해."
순자 할머니의 제안에 지현씨는 놀랐다.
"아, 안 돼요. 폐가 되는데요."
"무슨 폐! 우리가 더 좋지. 이 동네에 애들이 없어서 얼마나 심심한데."
"맞아요, 지현씨."
윤슬도 거들었다.
"할머니들 아이들 보시면 정말 좋아하세요. 어르신들한테도 좋은 일이에요."
"정말... 괜찮을까요?"
"당연하지. 우리가 부탁하는 거야."
순자 할머니가 웃으며 말했다.

그때 지현의 핸드폰이 울렸다. 어린이집에서 온 전화였다.
"네, 안녕하세요... 네? 열이요?... 네, 지금 가겠습니다."
전화를 끊은 지현의 얼굴이 급하게 변했다.
"둘째가 열이 난대요. 어린이집에 데리러 가야 해요."
"어머, 그럼 빨리 가세요."
"죄송해요, 뜨개질은 다음에..."
"걱정 마세요. 언제든 와서 하면 돼요."
지현이 급히 나간 후, 순자 할머니가 말했다.
"저 새댁 참 힘들겠어."

"그러게요. 아이 셋에 의지할 곳도 없고."
"정말 우리가 좀 도와줘야겠어. 이웃이 뭐 하러 있어."
윤슬은 순자 할머니의 말에 고개를 끄덕였다.
이 작은 마을의 따뜻함이 지현에게도 전해졌으면 좋겠다는 생각이 들었다.

이틀 후, 지현은 아이 셋을 데리고 뜨개방을 찾았다.
"안녕하세요. 정말 애들이 와도 괜찮을까요?"
"물론이죠! 어서 들어와요."
아이들은 처음 보는 공간에 신기해했다.
"엄마, 여기가 어디야?"
"뜨개질 배우는 곳이야."
"뜨개질이 뭐야?"
여섯 살 큰아이가 물었다.
"털실로 옷을 만드는 거야. 엄마가 너희들 조끼 만들어줄 거야."

순자 할머니가 때마침 들어왔다.
"아이고, 똥강아지들이 왔네! 아이고, 예뻐라!"
순자 할머니는 아이들을 보자마자 환한 미소를 지었다.
"할머니, 저 똥강아지 아닌데요. 저는 최민준이고, 얘는 최민지, 저기 유모차에 탄 동생은 최민우예요. 똥강아지 아니예요."
똥강아지란 말의 의미를 모르는 여섯 살 민수가 동생들 손을 잡고 눈에 힘을주어 말했다.
그 모습에 어른들의 얼굴에 함박 웃음이 폈다.
"아이고, 할머니가 실수했네. 안녕, 우리 이쁜이들!"
아이들은 처음엔 낯설어했지만, 순자 할머니의 친근한 모습에 금세 마음을 열었다.

"할머니, 이게 뭐예요?"
다섯 살 둘째가 털실을 만지며 물었다.
"이건 털실이라고 해. 이걸로 따뜻한 옷을 만들어주지."
"우와!"
네 살 막내도 눈을 반짝였다.
"엄마가 우리 옷 만들어줘요?"
"그래, 엄마가 예쁜 조끼 만들어줄 거야."
지현은 아이들의 기대 어린 눈빛을 보며 마음이 따뜻해졌다.

그날부터 지현의 뜨개질 배우기가 본격적으로 시작됐다.
아이들이 어린이집에 간 사이 윤슬에게 기본기를 배우고, 아이들과 함께 올 때는 순자 할머니가 아이들을 돌봐줬다.
"할머니, 이거 봐요!"
큰아이가 자신이 그린 그림을 보여줬다.
"우와, 정말 잘 그렸네! 이게 뭐야?"
"엄마가 뜨개질하는 거예요!"
그림 속에는 웃고 있는 엄마와 털실, 그리고 바늘이 그려져 있었다.
"엄마가 웃고 있네?"
"네! 엄마가 여기 오면 웃어요!"
순자 할머니는 지현을 바라봤다. 정말로 처음 왔을 때보다 표정이 많이 밝아져 있었다.
"할머니, 저 진짜 아이들에게 제때 조끼를 만들어서 입힐 수 있을까요?"
실을 풀어가며 지현이 물었다.
"당연하지요. 어려워 보이지만 익숙해지면 쉬워요."
윤슬이 대답했다.

"저는 손재주가 없어서…"
"또 그런 소리!"
순자 할머니가 꾸짖듯 말했다.
"아이 셋 키우는 게 얼마나 큰 손재주인데!"
"맞아요. 지현씨, 어제 큰아이가 넘어져서 무릎 다쳤을 때 어떻게 하셨어요?"
"약 발라주고, 밴드 붙여주고, 아프지 않게 달래줬죠."
"그것도 손재주예요. 아이의 마음을 읽고 적절히 돌보는 것."
"둘째가 밥 안 먹을 때는 어떻게 하세요?"
"좋아하는 캐릭터 흉내 내면서 먹여줘요."
"그것도 손재주!"
뜨개방이 떠나가라 입을 모아 큰소리로 말했다.
지현은 처음으로 자신이 하는 일들이 대단한 것일 수도 있다는 생각이 들었다.
일주일이 지나자 첫 번째 조끼가 제법 모양을 갖춰갔다. 아직 서툴러서 코가 고르지 않고, 실수로 구멍이 나기도 했지만, 그래도 조끼다운 모습이었다.
"지현씨, 정말 빨리 늘었어요!"
"정말요? 저는 아직도 서툰 것 같은데."
"처음 치고는 정말 잘해요. 손이 야무져요."
윤슬의 칭찬에 지현은 뿌듯했다. 언제부터인가 누군가에게 칭찬받는 일이 없었는데.
"그런데 말이에요, 이거 아이들이 입으면 정말 따뜻할까요?"
"당연하지. 엄마가 직접 만든 옷만큼 따뜻한 게 어디 있어."
순자 할머니가 끼어들었다.
"내가 우리 아들 어릴 때 조끼 하나 떠준 적이 있는데, 그 아이가 대학생이 될 때까지 아껴 입었어."

"정말요?"
"그럼. 엄마 손이 들어간 옷이라고 하면서."
그날 오후, 집에 가려고 일어서는 지현의 핸드폰이 울렸다. 남편에게서 온 전화였다.
"여보, 나 오늘 일찍 들어갈 것 같아. 만선이라 선장님이 일찍 들어가라고 하네."
"정말? 잘 되었다."
"아이들이랑 당신 저녁은?"
"아직... 지금 집에 가서 할게."
"괜찮아, 내가 들어가면서 치킨이라도 사갈게. 오늘은 쉬어."
전화를 끊고 나서 지현은 따뜻한 기분이 들었다. 남편도 자신 나름대로 배려해주고 있었구나.
"남편분 전환가 봐요. 저녁 하지말고 치킨 시켜먹자고 하나 봐요?"
윤슬이 물었다.
"네, 힘든 걸 아니까 가끔 이렇게 해줘요."
"좋은 분이시네요."
"네... 그런데 저는 항상 받기만 하는 것 같아서 미안해요."
"지현씨가 매일 아이들 돌보는 것도 남편분을 도와주는 거예요. 서로 다른 방식으로 도와주는 거죠."

이틀 후, 지현은 두 번째 조끼를 시작했다. 여전히 울퉁불퉁하고 완벽하지 않았지만, 그래도 첫 번째 조끼보다는 제법 그럴 듯 한 모습이였다.
"엄마, 정말 내 옷이야?"
둘째 아이가 신기해했다.
"응, 엄마가 만드는 거야. 어때?"

"좋아요! 빨리 완성해 주세요!"
아이의 기대에 지현은 더욱 열심히 뜨개질에 집중했다.
"지현씨, 아이들이 정말 좋아하네요."
윤슬이 미소를 지으며 말했다.
"네, 처음에는 뭘 하는지도 몰랐는데 이제는 매일 언제 완성되나고 물어봐요."
"그럼 더 열심히 해야겠네요."
그런데 그날 오후, 지현의 핸드폰에 한 통의 전화가 걸려왔다. 어린이집 선생님이었다.
"민준 어머님, 죄송한데 어린이집으로 지금 와주셔야 할것같아요. 민준이가 친구랑 싸웠어요."
"싸웠다고요?"
"네, 다른 친구 장난감을 뺏어서..."
지현의 얼굴이 어두워졌다. 뜨개질에 집중하느라 아이 교육을 소홀히 한 게 아닐까 하는 죄책감이 몰려왔다.
"지금 바로 가겠습니다."
전화를 끊은 지현은 급하게 일어났다.
"무슨 일이에요?"
"큰애가 어린이집에서 문제를 일으켰어요. 제가 여기서 한가롭게 뜨개질이나 하고 있으니까..."
"지현씨, 그런 식으로 생각하지 마세요."
윤슬이 만류했다.
"아이들이 싸우는 건 자연스러운 일이에요. 엄마 탓이 아니에요."
하지만 지현은 이미 자책의 늪에 빠져 있었다.

어린이집에 도착한 지현은 선생님과 상황을 듣고 큰아이를 데리고 집으로 돌아왔다.

"민준아, 왜 친구 장난감을 뺏었어?"
"친구가 먼저 내 거 뺏었어요."
"그래도 뺏으면 안 되지."
자신의 편을 들어줄 것 같던 엄마가 혼을 내자 입을 삐죽거리며 민준이가 대답했다.
"엄마도 요즘 나랑 안놀고 맨날 뜨개질만 해요!"
큰아이의 한마디에 가슴이 철렁했다.
"엄마가... 뜨개질만 한다고?"
"네. 요즘 맨날 뜨개방만 가고, 집에서도 뜨개질만 해요."
아이의 말에 말문이 막혔다. 자신이 아이들을 위해 조끼를 만들어주려던 것이, 오히려 아이들에게는 엄마가 자신들에게 관심이 없다고 느끼게 했던 것이다.

그날 밤, 지현은 잠들지 못했다.
'역시 나는 안 되나 봐. 뭘 해도 제대로 안 돼.'
다음 날부터, 뜨개방에 가지 않았다. 그 다음 날도, 그 다음 날도.
윤슬은 지현이 걱정됐다. 어린이집 앞을 지나가며 슬쩍 보기도 했지만, 지현을 만날 수는 없었다.
일주일이 지나서야 지현이 다시 뜨개방을 찾았다. 하지만 예전보다 더 지쳐 보였다.
"지현씨, 어떻게 지내셨어요?"
"네... 그냥요."
지현은 대답을 피했다.
"뜨개질은 어떻게 되었어요?"
"그만뒀어요."
"왜요?"

"아이들이... 제가 뜨개질에만 신경 쓴다고 하더라고요. 역시 저는 엄마 자격이 없나 봐요."
윤슬은 안타까웠다.
"지현씨, 아이들이 정확히 뭐라고 했어요?"
"요즘 맨날 뜨개질만 한다고요. 자기들보다 뜨개질이 더 중요하냐고."
"그럼 아이들과 이야기해보셨어요?"
"뭘 이야기해요. 아이들 말이 맞는걸요."
지현이 고개를 떨궜다.
그때 순자 할머니가 들어왔다.
"새댁! 오랜만이야. 어디 아팠어?"
"아, 안녕하세요..."
"애들은 안 데려왔어?"
"네... 오늘은 혼자 왔어요."

순자 할머니는 지현의 표정을 보더니 무언가 눈치챈 듯했다.
"무슨 일 있어?"
윤슬이 상황을 간단히 설명해 줬다.
"아이고, 그런 일이."
순자 할머니는 지현의 등을 쓰다듬어주며 옆에 앉았다.
"새댁, 아이들이 그렇게 말한 이유를 알아?"
이유를 모르겠던 지현은 고개를 저었다.
"질투해서야."
순자 할머니의 말에 지현은 고개를 들었다.
"질투요?"
"그럼. 엄마가 다른 것에 집중하는 모습을 보면 아이들은 질투를 해. 그건 자연스러운 거예요."

"그럼... 정말 제가 잘못한 거네요."
"아니에요. 전혀 잘못한 게 아니에요."
윤슬이 말했다.
"지현씨가 뜨개질을 배우는 이유가 뭐예요?"
"아이들 조끼를 만들어주려고요."
"그럼 아이들을 위한 거잖아요."
"하지만 아이들은 그렇게 생각하지 않는 것 같아요."
"그럼 아이들과 함께 해보면 어떨까?"
순자 할머니가 제안했다.
"함께요?"
"그래. 아이들도 간단한 뜨개질을 가르쳐주시면 어떨까? 그러면 엄마가 무슨 일을 하는지 이해할 수 있을 거야."
다음 날, 용기를 내어 세 아이를 모두 데리고 뜨개방에 왔다.
"엄마, 여기서 뭐 해요?"
큰아이가 물었다.
"엄마가 너희들 조끼 만드는 거 배우고 있어. 같이 해볼래?"
"저도요?"
"응, 너희들도 간단한 거 만들어볼 수 있어."
윤슬은 노란색 털실을 준비해 줬다.
"와, 이거 재미있어 보여요!"
다섯 살 둘째가 눈을 반짝였다.
"할머니가 재미있는 놀이를 가르쳐줄게."
순자 할머니는 아이들 옆에 앉았다.
"이렇게 실을 풀어서, 실을 이렇게 묶어주고...."

순자 할머니는 기억을 더듬어 어린 시절 했던 실뜨기 놀이를 아이들에게 알려주었다.

아이들은 서툴렀지만 열심히 따라 했다. 실을 엉키게 하기도 했지만, 몇 번 하고 좀 익숙해지니, 여러 응용방법으로 실을 풀었다, 꼬았다를 반복했다. 그 모든 것이 웃음거리였다.
"엄마, 이거 어려워요."
막내가 실을 떨어뜨리며 말했다.
"그럼 엄마가 얼마나 어려운 일을 하고 있는지 알겠지?"
큰아이가 말했다.
"엄마, 진짜 어려운 거 하고 있었구나."
"맞아. 그래서 엄마가 집중해야 하는 거였어."
지현은 아이들의 말에 가슴이 뭉클했다.
"엄마, 우리 조끼 언제 완성돼요?"
"조금만 더 기다려. 엄마가 열심히 할게."
"우리도 도와줄까요?"
"그럼 고맙지~."

그날부터 뜨개질은 지현씨 혼자만의 일이 아니라 온 가족이 함께하는 일이 되었다. 아이들은 간단한 부분을 도와주고, 지현씨는 복잡한 부분을 담당했다.
도와준다고는 해도 실을 묶었다 풀었다만 하면서도 즐거워서 뜨개방은 아이들의 웃음소리로 가득찼다.
"지현씨, 많이 달라지셨어요."
이주째 되는 날, 윤슬씨가 말했다.
"그래요?"
"네. 처음 오셨을 때보다 표정이 훨씬 밝아졌어요."
지현은 거울을 보며 생각해봤다. 정말 달라진 것 같았다.
"아이들도 달라진 것 같아요."
"어떻게요?"

"예전에는 제가 뭘 해도 칭얼거렸는데, 요즘은 엄마가 힘든 일 한다는 걸 아는 것 같아요."
"아이들이 지현씨를 이해하게 된 거네요."
"네. 그리고 제가 스마트폰 보는 시간도 줄어들었어요."
지현이 미소를 지었다.
"SNS 보면서 남들과 비교하던 시간에 뜨개질을 하니까, 마음이 훨씬 편해져요."

두 번째 조끼가 완성됐다. 완벽하지는 않았지만, 사랑이 가득 담긴 따뜻한 조끼였다.
"엄마! 진짜 예뻐요!"
둘째 아이가 조끼를 입어보며 방실방실 웃었다.
"정말? 마음에 들어?"
"네! 친구들한테 자랑할 거예요!"
아이의 기쁨에 지현씨도 덩달아 기뻤다.
"이제 막내 것도 만들어야겠네."
"엄마, 동생 것은 언제 만들어줘요?"
첫째 민준이가 처음떠서 삐뚤빼뚤 코가 빠진 파란 조끼를 입고 둘째에게 분홍 조끼를 입히면서 조급해했다.
"곧 시작할게. 조금만 기다려."
"저도 도와줄게요!"
"빨리 빨리 해주세요. 우리 셋이 입고 다닐꺼예요.".
지현은 아이들을 보며 웃었다. 언제부터인가 아이들이 자신의 일에 관심을 갖고 도와주려고 하는 것이 고마웠다.
"우리 똥강아지들 정말 착하다."
순자 할머니가 말했다.
"할머니 덕분이에요. 할머니가 워낙 잘 돌봐주시니까."

"아니야, 원래 착한 아이들이야. 엄마가 잘 키웠어."
할머니의 말에 지현은 뿌듯했다.
"할머니, 정말 감사해요. 할머니가 아니었으면 뜨개질도 제대로 못 배웠을 거예요."
"무슨 소리! 우리가 더 고마워해야지. 이 동네에 애들이 와서 얼마나 활기차졌는데."
순자 할머니는 진심이었다. 아이들의 웃음소리가 이 작은 마을에 생기를 불어넣어 주고 있었다.
"남편은 뭐라고 해?"
"처음에는 걱정했어요. 아이들 돌보는 것도 힘든데 뜨개질까지 하면 더 힘들 거라고."
"지금은?"
"지금은 응원해줘요. 제가 웃는 모습을 자주 보게 돼서 좋다고."

그날 저녁, 지현은 남편을 기다리며 털실을 손질하고 있었다. 함께하던 아이들이 잠든 후 뜨개질을 했다.
친구를 만나러 갔다온다기에 '늦게 오겠구나'생각했는데 10시도 안되서 현관문을 열고 들어왔다.
"벌써와요? 좀 더 놀다오지."
"다들 마누라 눈치본다고 헤어졌어."
샤워를 하라며 등을 밀어 욕실로 보내고 지현은 과일을 좀 깎아서 탁자에 앉아 남편을 기다렸다.
"여보, 나도 뜨개질 배워볼까?"
남편이 농담조로 말했다.
"정말?"
"응. 그물 깁는 거랑 비슷하지 않을까?"
"비슷할 수도 있겠네."

지현은 남편에게 간단한 뜨개질을 가르쳐줬다. 서툴렀지만 남편도 나름대로 따라 했다.
"생각보다 어렵네."
"그치? 처음에는 다 어려워."
"그런데 집중하게 되는 건 좋네. 마음이 편해져."
남편의 말에 지현은 고개를 끄덕였다.
"맞아. 뜨개질하면 다른 생각이 안 들어."
그날 밤, 지현은 오랜만에 깊게 잠들었다.
막내의 조끼 마무리 작업이 시작됐다. 이번에는 노란색 털실로 귀여운 조끼가 만들어지고 있었다.
"엄마, 제 것보다 더 예쁘게 만들어주세요!"
다섯 살 둘째가 주문했다.
"동생은 예쁘니까."
"그럼, 리본도 달아줄까?"
"와! 좋아요!"

아이의 기쁨에 지현도 설렜다. 이미 두벌을 완성한터라 훨씬 수월하게 작업이 진행됐다.
"지현씨, 정말 실력이 늘었어요."
윤슬은 진심으로 감탄했다.
"저번보다 코가 훨씬 고르네요."
"연습하니까 조금씩 나아지는 것 같아요."
"뜨개질도 육아도 마찬가지예요. 처음에는 서툴지만, 계속하다 보면 늘어요."
윤슬의 말에 지현은 깊이 공감했다.
어느 날 오후, 지현씨가 뜨개질에 집중하고 있는데 순자 할머니가 큰 봉지를 들고 들어왔다.

"새댁, 이거 좀 봐."
봉지 안에는 아이들 옷이 가득 들어있었다.
"이게 뭐예요?"
"우리 손자 옷들이야. 다 커서 안 입는데, 내가 민준이 줄려고 가져왔어."
"어머, 너무 감사해요. 지금도 신세지고 있는데..."
"아이고 신경쓰지 말어! 어차피 작아져서 못 입는 옷들이야. 아이들 키우느라 돈도 많이 들텐데, 이런 건 아껴야지."
순자 할머니는 옷을 하나씩 꺼내 보여줬다. 상태가 정말 좋았다.
"할머니..."
지현의 눈시울이 뜨거워졌다.
"정말 고맙습니다. 정말."
"뭘 고마워해. 우리가 더 고마워해야지."

그때 뜨개방 문이 열리며 아이들이 들어왔다. 어린이집이 끝난 시간이었다.
"할머니!"
아이들은 순자 할머니를 보자마자 달려갔다.
"우리 똥강아지들! 오늘 어린이집 재미있었어?"
"네! 할머니, 저 오늘 칭찬받았어요!"
큰아이가 자랑했다.
"정말? 뭘로?"
"친구랑 사이좋게 놀았다고요!"
순자 할머니는 지현을 의미심장하게 바라봤다. 아이가 달라지고 있다는 뜻이었다.
"엄마, 동생 조끼는 언제 완성돼요?"
둘째가 물었다.

"곧이야. 조금만 더 기다려."
"빨리 입고 친구들에게 자랑하고 싶어요!"
아이들의 기대에 지현은 더욱 열심히 뜨개질에 집중했다.
셋째의 노란색 조끼가 완성되었다.
"막내 것은 특별하게 만들어야죠."
윤슬이 재밌는 생각을 떠올리며 눈을 반짝거리며 물었다..
"어떻게요?"
"예쁜 별 모양 단추는 어떨까요?"
"와, 좋은 생각이에요!"
지현은 처음으로 적극적으로 디자인에 참여했다. 예전 같으면 '제가 그런 걸 할 수 있을까요?'라고 했을 텐데, 이제는 '해보겠다'는 자신감이 생겼다.
"지현씨, 정말 달라지셨어요."
"그래요?"
"네. 처음 오셨을 때는 자신감이 없어 보이셨는데, 지금은 당당해 보여요."
지현이 생각해봤다. 정말 달라진 것 같았다.

그날 아이들과 함께 집으로 돌아가는 길이었다.
"엄마, 저 할머니들 정말 좋아요."
큰아이가 말했다.
"할머니들이 우리 많이 좋아해 주시지?"
"네! 그런데 엄마는 왜 할머니들이랑 친해졌어요?"
"엄마가 뜨개질 배우러 가면서 만났지."
"그럼 뜨개질이 좋은 거네요?"
다섯 살 둘째가 말했다.
"맞아. 뜨개질 덕분에 좋은 사람들도 만나고, 너희들 예쁜 옷도 만들어줄 수 있고."
"엄마, 저도 뜨개질 배우고 싶어요."
네 살 막내까지 나섰다.
지현은 아이들을 보며 웃었다. 처음에는 반대했던 아이들이 이제는 자신의 일에 관심을 갖고 함께 하려고 하는 것이 신기했다.
집에 도착해서 남편이 돌아오기를 기다리며 지현씨는 뜨개질을 계속했다. 아이들도 각자 자신의 작은 작품을 만들고 있었다.
"지현아, 나 왔어!"
남편이 들어오자마자 아이들이 달려갔다.
"아빠, 우리 뜨개질 배웠어요!"
"정말? 우리 아이들 대단하네!"
남편은 지현을 바라봤다.
"당신, 표정이 정말 좋아졌네."
"그래?"
"응. 뜨개질 배우면서 스트레스가 많이 풀린 것 같아."
"맞아. 그리고..."
지현은 잠시 망설이며 솔직하게 말했다.
"다른 사람들과 비교하는 것도 줄어들었어."
남편은 고개를 끄덕였다.
"그게 가장 중요한 것 같아. 당신만의 속도로 가면 되는 거야."
셋째 조끼까지 모두 완성되자, 아이들은 매일 조끼를 입고 나갔다.
파란, 분홍, 노랑 알록달록 조끼에 예쁜 별 모양의 단추가 달랑거렸다.
"우리 엄마가 만들어준 옷이야!"
아이들은 친구들에게 자랑했다.
"엄마가 직접?"

"네! 엄마가 뜨개질 배워서 만들어줬어요!"
다른 엄마들도 신기해했다.
"지현씨, 어디서 배우셨어요?"
"바닷가 뜨개방이라고 있어요."
"저도 배워보고 싶은데..."
"같이 가요. 선생님이 정말 친절하세요."
지현은 처음으로 다른 엄마에게 무언가를 추천하게 됐다.

며칠 후, 지현은 아이들 덕에 새로 사귄 유치원 친구 엄마와 함께 뜨개방을 찾았다.
"사장님, 친구 소개해요. 수진씨예요."
"안녕하세요. 지현씨가 여기 정말 좋다고 해서 왔어요."
윤슬은 두 사람을 반갑게 맞아줬다.
"어서 오세요. 차 한잔 드릴까요?"
그날부터 뜨개방에는 젊은 엄마들이 하나둘 늘어나기 시작했다. 지현은 이제 새로 오는 사람들에게 뜨개질 기본기를 알려주는 역할을 하게 됐다.
"처음에는 어렵지만 익숙해지면 재미있어요."
지현이 새로 온 엄마에게 말했다.
"저도 처음에는 못할 거라고 생각했는데, 해보니까 할 수 있더라고요."

겨울이 다가오자 아이들은 매일 엄마가 만들어준 조끼를 입었다. 다른 아이들도 부러워했다.
"민준엄마, 저희 아이 것도 만들어주실 수 있나요?"
한 엄마가 부탁했다.
"아, 저는 아직 실력이..."

"지현씨, 충분히 잘하세요."
윤슬이 그 소식을 듣고는 크게 웃으며 격려했다.
"한번 해보세요. 할 수 있을 거예요."
지현은 처음으로 다른 아이의 옷을 만들어주기로 했다. 작은 도전이었지만, 자신감이 생겼다.
"새댁, 정말 대단해."
순자 할머니가 말했다.
"이제 거의 전문가 수준이야."
"아직 멀었어요."
"아니야, 정말 잘해. 그리고 아이들도 정말 잘 키우고 있어."
할머니는 창밖에서 놀고 있는 아이들을 바라봤다.
"아이들 좀 봐. 얼마나 밝고 건강요."
"사장님과 순자 할머니께 너무 감사드려요."
"그럼. 엄마의 사랑을 받고 자라는 아이들은 눈빛부터 달라."
지현이 아이들을 바라봤다. 정말로 밝고 건강해 보였다.

지현은 오랜만에 SNS를 열어봤다. 여전히 완벽한 사진들이 가득했다. 하지만 예전처럼 마음이 답답하지 않았다.
'저 사람들도 나름대로 열심히 사는 거겠지.'
이제는 남들과 비교하기보다는, 자신만의 삶을 인정하게 됐다.
대신 자신이 만든 조끼를 입은 아이들 사진을 올렸다.
'엄마가 직접 만든 조끼 입고 신나하는 우리 아이들 ❤🧶'
댓글이 하나둘 달리기 시작했다.
'와, 직접 만드신 거예요? 대단해요!'
'저도 배우고 싶어요!'
'아이들 표정이 정말 행복해 보여요!'
며칠 후, 지현은 뜨개방에서 윤슬과 대화를 나누고 있었다.

"사장님, 정말 감사해요."
"뭘 감사해요?"
"저한테 자신감을 찾아주셔서요."
"지현씨가 원래 갖고 있던 거예요. 제가 찾아드린 게 아니예요."
윤슬이 미소를 지었다.
"처음 오셨을 때 기억나세요?"
"네... 정말 힘들었어요. 아무것도 제대로 못한다고 생각했죠."
"지금은 어떠세요?"
"지금은... 완벽하지 않아도 괜찮다는 걸 알겠어요."
지현은 창밖을 바라봤다.
"SNS 속 완벽한 사진들이 전부가 아니라는 것도 알겠고요."
"그리고 가장 중요한 건..."
지현은 잠시 말을 멈췄다.
"아이들이 저를 사랑한다는 걸 확신하게 됐어요. 제가 완벽하지 않아도."
"당연하죠. 아이들에게는 지현씨가 세상에서 가장 소중한 엄마예요."
"네. 이제 그게 믿어져요."
지현이 뜨개질 바늘을 들었다. 이제는 자연스럽게 손이 움직였다.
"사장님."
"네?"
"저도 이제 다른 사람들 도와줄 수 있을까요?"
"물론이죠. 지현씨만큼 육아의 어려움을 이해하는 사람이 어디 있겠어요."
그날 오후, 새로운 손님이 뜨개방을 찾았다. 아이 둘을 키우는 이웃 엄마였다.

"지현씨가 여기 좋다고 해서 왔어요."
"어서 오세요."
윤슬씨가 맞아줬지만, 지현도 옆에서 함께 맞이했다.
"저희 처음에는 정말 어려웠는데, 조금씩 하다 보니 재미있어져요.."
지현이 자연스럽게 설명했다.
"저도 할 수 있을까요? 손재주가 별로 없어서..."
"저도 그렇게 생각했어요. 그런데 해보니까 손재주보다는 마음이 더 중요한 것 같아요."
새로 온 엄마는 지현의 말에 고개를 끄덕였다.

그렇게 계절이 바뀌어 갔다. 지현씨가 뜨개방을 다닌 지 반년이 지났을 때, 그녀는 완전히 다른 사람이 되어 있었다.
"엄마, 우리 조끼 정말 따뜻해요!"
아이들은 매일 조끼를 자랑했다.
"친구들이 부러워해요!"
"정말?"
"네! 엄마가 직접 만들어줬다고 하니까 모두 부러워했어요!"
지현은 뿌듯했다. 자신이 만든 것으로 아이들이 행복해하는 모습을 보는 것만큼 큰 기쁨은 없었다.
"엄마, 다음에는 아빠 것도 만들어줘요!"
큰아이가 제안했다.
"아빠 것도?"
"네! 아빠도 추우실 거예요!"
"그럼 만들어볼까?"
지현은 이제 두려움 없이 새로운 도전을 받아들였다.

어느 날 저녁, 온 가족이 거실에 모여앉아 각자의 뜨개질을 하고 있었다. 지현은 남편의 조끼를, 아이들은 각자의 작은 작품을 만들고 있었다.
"여보, 우리 집 정말 평화로워졌다."
남편이 말했다.
"그래?"
"응. 예전에는 애들이 칭얼거리고 당신도 스트레스받아 하고... 그랬는데."
"맞아요. 이제는 다들 각자 할 일이 있으니까 조용하네."
지현도 동감했다.
"그리고 당신이 많이 웃어."
"정말?"
"응. 뜨개질 배우면서 자신감도 생기고, 좋은 사람들도 만나고. 정말 잘한 것 같아."
남편의 말에 지현은 마음이 따뜻해졌다.

며칠 후, 지현은 순자 할머니와 함께 마을을 산책했다. 아이들은 다른 할머니들과 놀고 있었다.
"새댁, 이 동네 와서 어때?"
"정말 좋아요. 처음에는 모르는 곳이라 걱정했는데."
"우리도 새댁 가족 와서 좋아. 마을이 살아난 것 같아."
"할머니들이 워낙 잘해주셔서요."
"아니야. 젊은 사람들이 있어야 마을이 활기가 나는 거야."
순자 할머니는 지현의 손을 잡았다.
"고마워요, 이 동네 와줘서."
지현은 가슴이 뭉클했다. 자신이 누군가에게 필요한 존재라는 느낌을 받은 것은 정말 오랜만이었다.

"그런데 할머니."
"응?"
"저 처음에 정말 엉망이었거든요."
지현이 솔직하게 말했다.

"아이들한테 짜증내고, 남편한테도 신경질내고, SNS 보면서 우울해하고..."
"그런 시기가 있지, 뭐. 누구나 그래."
"정말요?"
"그럼. 나도 애 키울 때 그랬어. 완벽한 엄마는 없어."
할머니의 말에 지현은 큰 위로를 받았다.
"지금은 어때?"
"지금은... 불완전해도 괜찮다는 걸 알겠어요. 그게 저만의 모습이니까."

그날 저녁, 지현이 뜨개방에서 남편의 조끼를 마저 완성했다. 윤슬과 순자 할머니가 지켜보는 가운데 마지막 코를 마무리했다.
"완성!"
"와, 정말 멋있어요!"
윤슬이 감탄했다.
"남편분이 정말 좋아하실 것 같아요."
"네, 빨리 보여주고 싶어요."
뿌듯한 마음으로 조끼를 접었다.
"지현씨." 윤슬이 불렀다.
"네?"
"처음 왔을 때 기억나세요? 완벽하지 않아도 괜찮다고 했던 말."
"네, 기억해요."

"지금은 어떠세요?"
지현씨은 미소를 지었다.
"정말 괜찮더라고요. 완벽하지 않아도."
집으로 돌아가는 길, 지현은 핸드폰을 꺼내 SNS를 확인했다. 하지만 이번에는 남들과 비교하려는 마음이 들지 않았다.
대신 자신이 찍은 사진을 올렸다. 아이들이 조끼를 입고 함박웃음으로 웃고 있는 모습, 온 가족이 함께 뜨개질하는 모습, 그리고 완성된 조끼들.
'#완벽하지 않지만 우리만의행복♡ #뜨개질 #육아 #소소한행복'
댓글들이 달리기 시작했다.
'정말 따뜻해 보여요!'
'부럽습니다. 저도 배워보고 싶어요!'
'행복한 가족이네요!'
지현은 미소를 지으며 핸드폰을 넣었다. 이제는 남들의 인정보다 자신과 가족의 행복이 더 중요하다는 것을 알았다.

집에 도착하니 남편이 기다리고 있었다.
"여보, 이거 봐!"
지현이 완성된 조끼를 보여줬다.
"와, 정말 멋있다! 내가 입어도 돼?"
"당연하지. 당신을 위해 만든 거야."
남편이 조끼를 입자 아이들이 박수를 쳤다.
"아빠, 정말 잘 어울려요!"
"엄마가 만든 거라서 더 따뜻해 보여요!"
그날 밤, 지현은 행복한 마음으로 잠자리에 들었다.
완벽하지 않아도, 자신은 충분히 잘하고 있다는 확신과 함께.

3부 - 노란색 곰돌이 모자

"뜨개방아, 너 교장 봤어?"
순자 할머니가 뜨개방 문을 열고 들어서며 물었다. 손에는 김이 모락모락 나는 죽그릇을 들고 있었다.
"아니요, 며칠 전에 요 앞에 지나가시는 것만 봤어요."
윤슬은 뜨개바늘을 내려놓고 고개를 들었다. 뜨개방을 연 지 몇 달이 지났지만 아직 손님이 많지 않아서, 순자 할머니와 지현씨 정도가 단골이었다.
순자 할머니와 교장 선생님은 이 동네에서 오래 산 토박이로, 서로를 어릴 때부터 알고 지낸 사이였다.
"이상하네. 요즘 매일같이 학교에 가서 풀 뽑는다고 했는데."
순자 할머니는 걱정스러운 표정으로 중얼거렸다.
"학교요?"
"응, 저기 뒤에 폐교된 소학교 말이야. 교장이 그 학교에서 30년 넘게 일했거든. 퇴직하고 나서는 맨날 거기 가서 풀 뽑고 있어."
순자 할머니는 의자에 앉으며 한숨을 쉬었다.
"운동장이 온통 풀밭이 되어버렸어. 예전엔 아이들이 그렇게 뛰어놀던 곳인데... 교장 마음이 얼마나 아플까."
윤슬은 차를 끓이며 순자 할머니의 이야기를 들었다. 교장 선생님은 과묵한 분이었지만, 가끔 아이들 이야기를 할 때면 눈빛이 달라지는 걸 본 적이 있었다.
"그분도 참 외로우실 것 같아요."
"그러게. 마누라도 5년 전에 죽고... 아들하고도 사이가 좋지 않아서."
순자 할머니는 목소리를 낮췄다.
"교장이 너무 엄하게 키웠나봐. 아들이 결혼하고 나서는 연락도 잘 안 한다고 하더라."

다음 날 오후, 윤슬은 뜨개실을 정리하고 있었다. 문득 어제 순자 할머니가 걱정했던 교장 선생님이 생각났다. 그때 급하게 뜨개방 문이 열렸다. 순자 할머니였다. 얼굴이 창백했다.
"뜨개방아, 큰일 났어!"
"할머니, 무슨 일이세요?"
"교장이... 교장이 학교에서 쓰러졌어!"
순자 할머니는 숨을 헐떡이며 말했다.
"지나가던 사람이 발견해서 119에 신고했다는데, 지금 병원에 있어."
윤슬은 깜짝 놀라 일어났다.
"어느 병원이예요?"
"큰 사거리에 있는 파도 병원이야. 나 지금 가봐야하니까, 점방 문 좀 닫아줘!."

순자 할머니는 다시 나가려고 했다.
"할머니, 제가 모시고 갈게요."
병원에 도착했을 때, 교장 선생님은 의식을 되찾은 상태였다. 하지만 얼굴이 많이 야위어 보였다.
"교장아!"
순자 할머니는 병실 문을 열고 들어서며 울먹였다.
"순자야, 왔구나."
교장 선생님은 약한 미소를 지었다.
"어쩜 이런 일이... 나보고 어쩌라고!"
순자 할머니는 눈물을 훔쳤다. 어릴 때부터 알고 지낸 친구를 보는 마음이었다.
의사가 나와서 설명했다. 극심한 스트레스와 영양 부족으로 인한 일시적인 기절이었다. 며칠 입원 치료를 받으면 괜찮아질 거라고 했다.
"교장 너 제대로 밥도 안 먹고 일만 한거였어?"
순자 할머니가 걱정스럽게 물었다.
"괜찮아, 괜찮아. 나이가 들어서 그런가봐."
교장 선생님은 손을 흔들었지만, 목소리에 힘이 없었다.
"무슨 괜찮아! 앞으로 내가 매일 음식 해서 가져다줄 거야."
순자 할머니가 단호하게 말했다.

일주일 후, 교장 선생님은 퇴원했다. 순자 할머니는 약속대로 매일 음식을 해서 가져다주었다.
어느 날 오후, 순자 할머니가 뜨개방에서 목도리를 뜨고 있었다. 벌써 한 달 넘게 다니면서 제법 솜씨가 늘었다.
"할머니, 오늘은 교장 선생님 안 만나고 오셨어요?"
윤슬이 차를 끓이며 물었다.

"응, 오늘은 병원 가는 날이라서 만나지 못했어."
순자 할머니는 뜨개바늘을 움직이며 대답했다.
"그런데 말이야, 뜨개방아."
"뭐요?"
"교장을 여기 데려와볼까 해서."
윤슬은 고개를 들었다.
"교장 선생님을요?"
"응. 집에만 있으니까 답답할 것 같아서. 여기서 뜨개질이라도 배우면 마음이 좀 편해지지 않을까?"
순자 할머니는 뜨개질을 멈추고 윤슬을 바라봤다.
"그런데 교장이 이런 데 올까? 성격이 워낙 까다로우니까."
"한번 말씀해보세요. 어르신들이 취미 생활 하시는 게 좋잖아요."
"그래, 한번 꼬셔볼게."

며칠 후, 순자 할머니가 교장 선생님과 함께 뜨개방 문을 열고 들어왔다.
"뜨개방아, 교장 데려왔어!"
교장 선생님은 어색한 표정으로 뜨개방 안을 둘러봤다.
"안녕하세요, 교장 선생님."
윤슬이 인사했다.
"아, 안녕하세요. 순자가 자꾸 여기 가자고 해서..."
교장 선생님은 머뭇거리며 말했다.
"교장아, 앉아봐. 여기 의자 편해."
순자 할머니가 교장 선생님을 의자로 안내했다.
"뜨개질이라... 내가 이런 걸 할 수 있을까?"
"물론이에요. 처음에는 어려워 보여도 금세 익숙해지세요."
윤슬이 따뜻하게 말했다.

"할머니처럼 목도리부터 시작해보시면 어떨까요?"
교장 선생님은 순자 할머니가 뜨고 있는 목도리를 바라봤다.
"순자야, 네가 이걸 뜬 거야?"
"응, 한 달 넘게 다니면서 배웠어. 처음엔 엉망이었는데 이제 제법 그럴듯하지?"
순자 할머니는 자랑스럽게 자신의 작품을 보여줬다.
"정말 잘 뜬 것 같은데?"
교장 선생님의 목소리에 관심이 묻어났다.
그때 순자 할머니가 조심스럽게 말을 꺼냈다.
"교장아...나 소식 들었다"
목소리가 작아졌다.
"니 아들, 얼마 전에 애를 낳았다면서?"
교장 선생님의 표정이 굳어졌다.
"순자야, 그 얘기는..어떻게 ."
"동네에서 소문으로 들었는데, 손자가 생겼다면서. 그런데 아직 연락이 없다고?"
교장 선생님은 말이 없었다.
"아기 모자 같은 거 떠보면 어떨까요? 예쁘게 떠서... 언젠가 줄 수 있도록."

윤슬은 두 사람의 대화를 조심스럽게 듣고 있다가 일어나며 말했다.
"내가... 그런 걸 만들 수 있을까?"
교장 선생님이 작은 목소리로 물었다.
"물론이에요. 아기 모자는 생각보다 어렵지 않아요."
윤슬이 격려했다.
"뜨개질은 마음을 차분하게 해줘요."

윤슬이 순자 할머니에게 기본 코 만들기를 가르쳐주었다.
"손끝에 신경을 집중하다 보면 잡념도 사라지고요."
"그런가? 나는 자꾸 생각이 나네."
순자 할머니는 뜨개바늘로 실을 감으면서 중얼거렸다.
"무슨 생각이세요?"
"교장이 옛날에 얼마나 아이들을 예뻐했는지... 운동회 때면 일등한 아이들한테 상장도 직접 써주고, 졸업식에서는 눈물도 흘리고."
"그런 분이 손자 얼굴도 못 보고 있으니..."
"선생님도 많이 후회하고 계실 거예요."
"그럼에도 먼저 연락하기가 쉽지 않겠지. 교장 성격이 워낙 고집스러우니까."
순자 할머니의 한숨이 뜨개방의 분위기를 눌렀다.

며칠 뒤 편한 복장의 교장 선생님은 작은 코바늘을 손에 쥐고 노란 털실을 이리저리 움직였다가 맘에 안드는지 풀었다를 반복하고 있었다.
순자 할머니의 손이 교장 선생님의 바늘을 뺏어들었다.
"아이고 이게 아니래도 그러네.. 이렇게, 여기는 요렇게."
"이거 어렵네"
순자 할머니는 한 줄을 완성하고 다시 돌려주며 윤슬을 바라봤다.
"뜨개방아, 이 모자 예쁘게 나올까?"
"할아버지 정성이 들어간 모자니까 세상에서 제일 예쁠 거예요."
보름이 지나자 아기 모자가 거의 완성되어갔다. 연한 노란색 실로 뜬 모자는 정말 귀여웠다.
"선생님, 정말 잘 뜨셨어요!"

윤슬이 감탄했다. 처음 실을 잡은 사람의 첫 작품치고는 놀라울 정도로 완성도가 높았다.
"마지막에 꽃 장식을 달면 더 예쁠 것 같은데."
"꽃 장식?"
"네, 작은 꽃 모양을 떠서 달아드릴게요."
윤슬은 하얀 실로 작은 꽃을 뜨기 시작했다.
"이 모자를 보면 아들이 좋아할까? 며느리가 싫어하면 어쩌지?"
순자 할머니는 모자를 들여다보며 미소 지었다.
"뭔 걱정이야? 주고 그냥 후다닥 도망와버려"
"아니야. 순자야 너 심심하면 나랑 같이 좀 다녀오자. 간만에 서울 구경도 좀 하고, 내가 맛있는거 사줄게."
순자 할머니는 장난스러운 표정으로 말했다.
"이거 데이트 신청이냐?"
두 사람을 바라보던 윤슬이 너스레를 떨며 말했다.
"제가 등을 떠밀어서라도, 순자할머니 같이 가시게 할게요."

다음 날, 순자 할머니는 단아한 연하늘빛 투피스로 멋을 내고 교장 선생님 집으로 향했다.
윤슬이 따라 나서며 준비했던 도시락을 챙겨드렸다.
"아니 뭘 이런 걸 준비했어?"
"두 분 오랜만에 여행이신데 즐겁게 다녀오시라고 만든거예요. 맛있게 드셔주세요."
윤슬의 마음씀씀이가 너무 고마워 순자는 윤슬의 손을 꼭 쥐었다.
"교장아!"
순자 할머니가 대문을 두드렸다.
"순자야? 벌써 왔어?"

교장 선생님이 문을 열었다. 며칠 전보다 얼굴에 생기가 돌아 보였다.
"모자는 챙겼어?."
"그럼. 우리 손자한테 줄건데."
서울로 가는 버스 안 아침 일찍 나선 탓에 허기가 져 윤슬이 싸준 도시락을 꺼냈다.
대구에 살 때 영양사를 했다더니 어쩜 이리도 예쁘게 도시락을 준비한걸까?
먹기 편하게 머위 잎으로 쌈밥을 싸서 쌈장 한 점을 얹어두고, 달짝지근한 불고기를 옆에는 키위가 먹기 좋게 담겨있었다.
"우리 이거 먹으면서 가자"
순자는 부드럽게 말했다.

교장이 잠시 머뭇거리며 쌈밥을 입에 넣었다.
"뜨개방 사장님 솜씨가 정말 좋네."
"그치? 사람이 모난데가 없이 둥글둥글하니 그런 사람이 이웃으로 와서 참 좋아. 덕분에 이렇게 맛있는 도시락도 얻어먹고. 그렇지?"
모자를 들여다보며 걱정스런 표정을 짓는 교장에게 순자는 우스개소리를 했다.
"순자야... 솔직히 말하면 어떻게 시작해야 할지 모르겠어. 우리가 이렇게 멀어진 게 하루 이틀 일이 아니거든."
순자는 교장의 어깨를 토닥였다.
"그래도 시작은 해봐야지. 무슨 일이 있었는지 말해봐."
교장이 깊은 한숨을 쉬며 입을 열었다.
"명수가 중학교 때부터였나... 아이들이 '교장 아들이 왜 이래?' 하는 소리를 자꾸 들려오더라고. 성적도 그렇고, 친구들하고 어울리는 것도 그렇고. 내가 학교에서 체면이 서야 다른 선생님들한테도 떳떳하게 교육 얘기를 할 수 있을 거 아니야."
"그래서?"
"그래서 명수한테 자꾸 '너는 교장 아들이니까 더 조심해야 한다', '다른 애들보다 모범이 되어야 한다'고 했지. 친구들하고 놀지 말고 집에 와서 공부하라고, 밖에 나가서 말썽 피우지 말라고..."
교장의 목소리가 점점 작아졌다.
"그런데 그럴수록 명수는 더 반발했어. '아버지는 학교 체면만 생각하지, 나는 생각 안 해' 하면서 말이야. 고등학교 때는 아예 말도 안 하고 지내더라고."
순자가 고개를 끄덕였다.

"그리고 몇 해 전에 명수엄마가 갑자기 세상을 떠나고 나서는..."
교장의 목소리가 떨렸다.
"그때 명수가 '엄마가 아플때도 아버지는 학교 일만 신경 쓰셨잖아요'라고 하더라고. 그 말이 가슴에 박혔어. 사실 아내가 아플 때 내가 옆에서 제대로 돌봐주지 못했거든. 학교 일이 바빠서, 교장으로서 책임이 있다고 생각해서..."
"교장아..."
"그 후로는 명수랑 마주 앉아서 밥 먹기도 어색해졌어. 서로 할 말이 없으니까. 명수는 '아버지는 교장 선생님이지, 내 아버지가 아니에요'라고 하고, 나는 '그럼 너는 내 자식답게 행동 좀 해봐'라고 받아치고... 그런 식으로 서로 상처만 주고받았지."
교장이 모자를 꼭 쥐며 말했다.
"이제 와서 생각해보니, 내가 명수를 내 아들로 사랑한 게 아니라 '교장의 아들'로만 봤던 것 같아. 그 아이 마음은 생각 안 하고 말이야."

순자가 따뜻하게 미소 지었다.
"그럼 이제라도 늦지 않았어. 가서 그 마음을 전해줘."

버스터미널에 내려 아들의 주소가 적힌 쪽지를 내밀자 택시기사가 내려준 곳은 빼곡한 아파트 단지 앞이였다. 천천히 동을 확인하고 아들이 살고있는 1207동 앞에 섰다.
"순자야, 혹시 명수가 안 만난다고 하면 어쩌지?"
"여기까지 왔는데 나 몰라라 할 녀석은 아냐, 그건 내가 알지. 아니면 전화를 해보던지."
"그럴까?"
혹시나 거절당할까 겁이 난 교장은 망설이다가 스마트폰을 꺼내 '1'을 꾸욱 눌렀다.

뚜루루루 뚜루루루.
신호는 가지만 전화를 받지는 않았다
"바쁜가?"
아들이 자신의 전화를 피하는 건가싶어 순자를 보기 좀 민망해졌다.
"여보세요?"
그때 잠에서 깬 듯한 목소리의 여자가 전화를 받았다.
"아... 새아가냐? 나다."
"아..아..아버님? 어쩐 일이세요? 아범은 지금 씻고 있어서요. 무슨 일 있으신 건 아니시죠?"
아버지란 말에 화들짝 놀란 며느리가 갑작스러운 전화에 건강 걱정을 먼저 떠 올렸나보다.
"아니야, 그냥 근처 올 일이 있어서. 너 애 낳았다는 소식 들었다. 축하한다. 너무 고맙구나. 고생 많았다."

"근처 오셨다고요? 아버님. 그럼 가지마시고 계셔요. 저희가 찾아뵐게요. 어디계세요?"
"그게..사실은.."
머뭇거리는 교장이 답답해 순자가 큰 소리로 말했다.
"자네 집 앞이야!"
"네??"

잠시 후, 물이 뚝뚝 떨어지는 머리카락을 툭툭 털며 편한 옷 차림의 아들이 두리번거리며 교장을 찾고 있었다. 떨리는 손으로 아들을 불렀다.
"명수야, 여기야."
"아버지!"
오랜만에 '교장 선생님'이 아닌 '아버지'라고 불렀다.
교장 앞에 선 명수는 잠을 못 잔 듯 수척해보였다. 명수는 갑작스러운 아버지의 방문에 놀라 멀뚱히 바닥만 바라보고 서 있었다. 그때, 뒤로 물방울무늬 원피스를 입고 머리를 질끈 묶어 올린 여자가 허겁지겁 뛰어왔다.
"아버님. 어서 오세요. 당신 뭐해? 어서 아버님 모시고 올라오지 않고?"
멀뚱히 서있는 명수의 등을 때리며 며느리는 가느다랗게 눈을 떴다.
"근데 이분은.."
옆에 서서 명수를 찬찬히 바라보는 순자를 보며 며느리는 그제야 눈을 동그랗게 떴다.
"아... 내 친구야. 명수, 너는 기억하지? 순자 이모"
"잘 오셨어요. 처음 뵙겠습니다. 인사 못 드려서 죄송해요."

명수는 점방의 단골손님이자 친구 아들 이였기에 더 정이 가는 아이였다. 교장과 멀어지기 전까지는 점방 앞 평상은 명수의 차지였었다.
교장의 며느리는 서울 깍쟁이처럼 예쁘장하게 생겼는데 성격은 뜨개방사장을 떠올리게했다.
"아기 낳은지 얼마 안 되었다고 들었는데, 바람 들라, 인사는 나중에 하고. 어서 올라가요."
며느리의 옷차림에 눈이 가자 아차 싶어 순자는 어서 세 사람을 올려 보내려했다.
"무슨 말씀이세요, 이모님도 함께 가셔요. 저희 아기도 보시고."
"아냐 아냐, 아직 백일도 안 되었는데, 외부인이 들어가면 되나,"
"그래. 나는 그냥 이 것만 전해주려고 왔어."하며 손에 들린 종이 가방을 내밀었다.
손사래를 치는 순자에게 명수가 퉁명스럽게 말했다.
"외부인은 무슨..이모도 참. 어서 가세요."
교장과 순자는 못 이기는 척 따라 나섰다.

결혼할 때 도움도 못되었는데 번듯한 아파트에서 아들과 며느리가 과일과 차를 준비해주는 모습에 교장은 마음 한편이 시큰거렸다.
"아앙~"
잠들었던 손주 녀석이 깼는지 큰소리로 엄마를 부르니, 며느리가 깜짝 놀라서 방으로 뛰어 들어갔다. 아들 명수가 차와 과일을 교장과 순자 앞으로 내밀었다.
"드세요. 갑자기 오셔서 준비한 게 없네요."
"아니야. 우리가 미안하지."

순자는 차를 한 모금 마셨다. 생강차였다. 따뜻한 차가 속을 편하게 해주었다.

종이 가방만 만지작거리던 교장이 가방을 건네며 말했다.
"아버지가 너한테 미안해. 네가 내 아들이라는 걸 자랑스러워해야 했는데, 오히려 내 체면 때문에 널 힘들게 했구나. 이렇게 잘 사는 모습을 보니 너무 감사하고 고맙구나."
명수는 아버지의 말을 못 들은 척 가방에서 모자를 꺼내들고 한참 바라봤다.
그러더니 갑자기 눈물을 흘리기 시작했다.
"아버지..."
"미안해."
교장 선생님도 눈물을 참지 못했다.
"내가... 내가 너무 엄하게만 했지. 아버지 노릇을 제대로 못했어."
"아니에요, 아버지. 저도 미안해요. 먼저 연락드렸어야 했는데..."
부자는 서로를 바라보며 눈물을 흘렸다.

"할아버지, 할머니, 별똥이가 인사드리러 왔어요."
안방에서 나온 며느리의 품에 작디 작은 아기가 안겨있었다.
"아... 내 손주. 우리 명수에게 새끼가 태어났어. 순자야, 봐라. 내 손주야. 우리 명수 새끼야."
"아이고, 어쩜 명수 어릴때랑 똑같네."
"진짜요?" 며느리는 함박 웃음을 지었다.
교장에게 아기를 내밀자 어정쩡한 자세로 아기를 받아 소파에 앉았다.
아기에게서 나는 달큰한 향에 자꾸만 교장은 눈물이 났다.

"여보, 이건 뭐야?"
노란 아기 모자를 보고 며느리가 물었다.
"아. 이거 아버지가.."
"아버지가 직접 뜨개방에서 배워서 만드신거야. 손주 준다고"
명수의 말이 끝나기 전에 순자가 나섰다.
"아버님이 직접 뜨개질을 하셨다고요? 정말 대단하세요. 모자 씌워볼까요?"
며느리가 노란 모자를 아기 머리에 살살 씌워주었다.
"어머, 정말 잘 어울려요!"
삐뚤빼뚤한 모자였지만, 아기가 쓰고 있으니 세상에서 가장 예뻐 보였다.
"할아버지가 직접 뜨신 거야. '할아버지 감사합니다' 해봐."
아들이 아기에게 말했다.
"사진 찍어드릴까요?"
며느리가 핸드폰을 들었다.

교장은 손주를 꼬옥 안아보았다. 아기는 모자를 쓴 채 평화롭게 잠들어 있었다.
"참 예쁘다."
교장의 목소리가 부드러워졌다.
순자는 그 광경을 보며 흐뭇하게 웃었다.
집으로 돌아오는 버스 안에서 교장 선생님과 순자 할머니는 말이 없었다.
둘 다 감회가 깊었다.
"순자야."
교장이 먼저 입을 열었다.
"고마워. 네가 아니었다면 평생 후회했을 거야."

"뭘, 당연한 거지. 친구가 힘들어하는데 가만히 있을 수 없잖아."
"아들이 그러는데, 다음 주에 또 오라고 하더라."
교장의 목소리에 기쁨이 묻어났다.
"그래? 다행이다."
"손주 백일 때까지는 자주 보러 가야겠어. 며느리가 나한테 아기 이름을 부탁하더라고, 명수가 이름은 아버지가 지었으면 좋겠다고 했다면서."
교장의 표정에서 뿌듯함이 느껴져 순자는 조금 샘이났다.
"아이고, 그럼 잘난 교장 선생님이 할아버진데 할아버지가 이름 지어줘야지."

다음 날, 두 사람이 뜨개방에 나타났을 때 윤슬은 금세 결과를 알 수 있었다.
교장 선생님의 얼굴이 밝아져 있었다.
"어떻게 됐어요?"
윤슬이 궁금해했다.
"잘 됐어."
교장 선생님은 간단히 대답하고는 핸드폰을 꺼냈다.
"사진 찍어왔어."
노란 모자를 쓴 아기가 할아버지 품에 안겨 평화롭게 잠들어 있는 사진이었다.
"세상에서 제일 귀여운 아기네요!"
윤슬이 감탄했다.
"그렇지? 나도 그렇게 생각해."
교장 선생님은 흐뭇하게 웃었다.
"모자가 정말 잘 어울려요. 할아버지 정성이 느껴져요."
"아버지가 이런 걸 직접 뜨셨냐고, 정말 고맙다고...참 그리고 나한테 아기 이름도 지어 달라더라고, 아버지가 지어줘야한다나, 하하하"
"그랬겠지! 아들도 그동안 얼마나 서운했을까."
순자 할머니가 교장 선생님의 자랑이 길어질까 봐 중간에 끼어들었다.
"며느리도 참 좋은 사람이더라. 차도 대접하고, 손자도 안겨주고..."
교장 선생님은 행복해 보였다.
"손자가 모자를 쓰고 있는 모습이 그렇게 예쁠 수가 없어."
교장 선생님은 흐뭇하게 웃었다.
"교장 선생님, 이제 뭘 뜨실 거예요?"
윤슬이 뜨개실을 정리하며 물었다.
"음... 뭘 뜰까?"
교장 선생님은 고민하는 표정이었다.
"아들하고 며느리 것도 만들어보면 어때?"
순자 할머니가 제안했다.
"커플 가디건 같은 거 말이야."
"커플 가디건?"
"네, 색깔은 다르게 하되 같은 패턴으로 떠주면 되요."
윤슬이 설명했다.
"부부가 함께 입을 수 있도록."
교장 선생님은 눈을 반짝였다.
"그거 좋은 생각이네. 그럼 아들 거는 남색으로, 며느리 거는 베이지색으로 하면 어떨까?"
"완벽해요! 가을쯤 완성되면 딱 좋겠네요."
"그런데 가디건은 좀 어렵지 않을까?"
교장 선생님이 걱정했다.

"처음에는 어려워 보여도 천천히 하면 할 수 있어요."
윤슬이 격려했다.
"그리고 할머니도 도와주실 거 아니에요?"
"물론이지!"
순자 할머니가 힘차게 대답했다.

그 후 매일 오후가 되면 뜨개방에는 교장 선생님과 순자 할머니가 나란히 앉아 뜨개질을 했다.
"교장아, 코가 빠졌어."
"어디? 아, 여기구나. 어떻게 하지?"
"이렇게 바늘로 주워 올리면 돼."
두 사람은 서로 도우면서 뜨개질을 했다. 때로는 옛날 이야기를 나누기도 했다.
"순자야, 고마워."
어느 날 교장 선생님이 갑자기 말했다.
"뭘?"
"네 덕분에 아들하고 화해했잖아. 그리고 이렇게 뜨개질도 배우게 되고."
"뭔 소리야. 내가 뭘 한 게 있다고."
순자 할머니는 쑥스러워했다.
"아니야. 네가 용기를 줬어."
"교장이 원래 갖고 있던 용기야. 나는 그냥 등을 살짝 밀어준 것뿐이야."

윤슬은 두 사람을 보며 미소 지었다. 뜨개방을 열길 정말 잘했다는 생각이 들었다.
몇 달이 지나자 커플 가디건의 윤곽이 드러나기 시작했다. 교장 선생님은 남색 가디건을, 순자 할머니는 베이지색 가디건을 맡아 뜨고 있었다.
"이제 소매만 달면 완성이네."
윤슬이 작업 진도를 확인하며 말했다.
"벌써?"
교장 선생님이 놀랐다.
"시간 참 빠르네. 뜨개질 하다 보니까 금세 지나간 것 같아."
"그러게 말이야. 처음에는 이렇게 큰 걸 만들 수 있을까 싶었는데."
순자 할머니도 감회가 깊었다.
"뜨개질은 마음을 차분하게 해주는 것 같아요."
윤슬이 말했다.
"손끝에 집중하다 보면 복잡한 생각들도 정리되고요."
"맞아. 그래서 요즘 마음이 편해진 것 같아."
교장 선생님은 뜨개바늘을 내려놓고 창밖을 바라봤다.
"아들한테서 가끔 안부 전화도 오고, 손자 사진도 보내주고..."
"좋겠어요. 가족이 화목해서."
"다 순자 덕분이야."
"아니야, 교장이 용기를 냈기 때문이야."
두 친구는 서로를 바라보며 웃었다.

드디어 커플 가디건이 완성됐다. 남색과 베이지색의 조화가 아름다운 가디건이었다.
"정말 예쁘게 나왔네요!"
윤슬이 감탄했다.
"이제 아들한테 가져다줘야겠네."
교장 선생님은 가디건을 조심스럽게 포장했다.

"같이 갈까?"
순자 할머니가 제안했다.
"아니야, 이번에는 혼자 가볼게."
교장 선생님은 미소 지었다.
"이제는 무섭지 않아."

며칠 후, 교장 선생님이 환한 얼굴로 뜨개방에 나타났다.
"어떻게 됐어요?"
윤슬이 궁금해했다.
"아들 부부가 정말 좋아했어. 며느리는 당장 입어보겠다고 하더라고."
"사이즈는 잘 맞았어요?."
"맞고말고. 그런데 말이야..."
교장 선생님은 잠시 망설이다가 말했다.
"아들이 그러는데, 우리 지우 돌잔치를 한다고 해."
"어머, 정말요?"
"나한테 꼭 와달라고 하더라고."
교장 선생님의 목소리에 기쁨이 묻어났다.
"너도 같이 오라고..!"
교장 선생님은 순자 할머니를 바라봤다.
"나야 좋지. 그런데 뭘 입고 가지?"
"할머니도 새 옷을 떠봐요. 예쁜 조끼 같은 거요. 제가 도와드릴게요."
"그거 좋은 생각이네!"
순자 할머니의 눈이 반짝였다.

지우의 돌잔치 날, 교장 선생님과 순자 할머니는 각자가 직접 뜬 옷을 입고 잔치에 참석했다.
"아버지 어서오세요, 순자 이모 오랜만에 뵈요!"
아들 부부가 반갑게 맞아주었다. 손자는 처음 만났을 때보다 훨씬 자란 모습이었다.
"아기가 많이 컸네요."
순자 할머니가 손자를 바라보며 웃었다.
"처음에 떠주신 모자, 아직도 잘 쓰고 있어요."
며느리가 고마워했다.
"그리고 가디건도 정말 예뻐요. 남편이랑 같이 입고 다니는 재미가 쏠쏠해요."
"다행이네. 처음 떠보는 거라 걱정했는데."
교장 선생님은 손자를 안아보며 행복해했다.

잔치가 끝나고 집으로 돌아오는 길, 두 사람은 뜨개방에 들렀다.
"뜨개방 사장님, 고마워요."
교장 선생님이 말했다.
"이 뜨개방이 없었다면 아마 평생 아들하고 화해하지 못했을 거예요."
"맞아. 그리고 나도 새로운 취미를 갖게 됐고."
순자 할머니도 동의했다.
"이제 뭘 떠볼까?"
"아기 옷이 어때요? 손자가 자라면서 입을 수 있도록."
윤슬이 제안했다.
"그거 좋네! 아기는 금새 자라니까 미리 큰 사이즈로 떠두면 될 것 같은데."
"그럼 내일부터 시작해볼까?"
"좋아!"

두 친구는 벌써부터 다음 작품을 계획하며 즐거워했다.
윤슬은 그런 두 사람을 보며 마음이 따뜻해졌다. 뜨개방은 단순히 뜨개질을 배우는 곳이 아니라, 사람들의 마음을 이어주는 공간이 되어가고 있었다.
창밖으로는 석양이 지고 있었다. 바다에서 불어오는 바람이 뜨개방 안으로 살며시 들어와 뜨개실들을 부드럽게 흔들었다. 그 모습이 마치 사람들의 마음을 어루만지는 것 같았다.
"내일도 좋은 하루가 될 것 같네요."
윤슬이 중얼거렸다.
"그럼, 매일매일 좋은 날이지."
순자 할머니가 웃으며 대답했다.
"우리에게는 뜨개질이 있으니까."
뜨개방의 하루가 끝나갔다. 하지만 새로운 이야기는 이제 시작이었다.

4부 – 어깨 위에 반짝이는 까만 가방

편의점 형광등이 차갑게 내려앉은 밤 11시.
예진은 손 안의 동전을 세고 또 세었다. 1,500원. 라면 하나 사려면 1,700원이 필요한데 200원이 모자랐다.
"죄송해요, 이거 다시 올려놓을게요."
예진이 라면을 선반에 되돌려놓으려는 순간, 뒤에서 온화한 목소리가 들려왔다.
"200원 제가 대신 내드릴게요."
돌아보니 40대 중반쯤 되어 보이는 여성이 미소를 지으며 서 있었다. 약간 곱슬곱슬한 단발머리에 손뜨개로 만든 듯한 카디건을 입고 있었다.
"아, 아니에요. 괜찮습니다."
예진은 당황해서 손을 저었지만, 그 여성은 이미 200원을 계산대에 내려놓고 있었다.
"별거 아니에요. 신경 쓰지 말아요."

예진은 고개를 숙인 채 고맙다는 인사를 중얼거렸다. 라면을 받아들고 편의점을 나서는 예진의 뒷모습을 바라보며, 윤슬은 문득 자신의 20대가 떠올랐다.

집에 돌아온 예진은 라면을 끓이면서 그 여성의 얼굴을 떠올렸다. 200원이라는 작은 돈이었지만, 그 순간 예진에게는 세상에서 가장 큰 도움이었다.

스마트폰에는 오늘도 취업 사이트에서 온 거절 메일이 쌓여 있었다. "아쉽게도 이번에는..." "다음 기회에..." 똑같은 말들의 반복이었다. 예진은 메일함을 닫고 라면을 후루룩 마셨다.

다음 날 오후, 예진은 어제 그 여성을 찾아다녔다. 200원을 갚고 싶었다. 편의점 사장에게 물어보니 그 분이 이 근처 뜨개방을 운영하는 윤슬씨라고 했다.

'바닷가 뜨개방'이라는 간판이 달린 작은 가게 앞에서 예진은 한참을 망설였다. 안으로 들어가면 알록달록한 털실들이 벽 한 쪽을 가득 채우고 있었다. 분홍색, 노란색, 하늘색, 연두색... 마치 무지개가 실로 변한 것만 같았다.

"어, 어제 그 분이시네요!"

윤슬이 뜨개질하던 손을 멈추고 밝게 웃었다.

"200원 갚으러 왔어요."

예진이 동전을 내밀자 윤슬은 고개를 저었다.

"그런 거 신경 쓰지 마세요. 대신 차라도 한 잔 하고 가요."

"아니에요, 받으세요. 제가 빚지고 싶지 않아요."

예진의 목소리에는 묘한 절망감이 배어 있었다. 윤슬은 그 작은 동전을 받으며 예진을 찬찬히 바라봤다.

"앉아요. 얘기 좀 해요."

예진은 어쩔 수 없이 의자에 앉았다. 윤슬이 따뜻한 대추차를 내주었다.
"요즘 힘드시죠?"
"네?"
"눈에 다 써있어요. 저도 그 나이 때 그랬거든요."
예진은 대추차를 마시며 윤슬의 손놀림을 바라봤다. 검은색 털실이 윤슬의 손을 거쳐 조금씩 모양을 갖춰가고 있었다.

"무엇 때문에 그렇게 조급해하세요?"
윤슬의 질문에 예진은 한참 망설이다가 입을 열었다.
"취업이요. 대학 졸업한 지 6개월이 됐는데 아직도 못 구했어요. 친구들은 다 좋은 회사 들어갔는데 저만..."
"남들보다 늦는다고 생각하세요?"
"네. 너무 늦었어요. 이제 신입도 아니고..."
윤슬은 뜨개질하던 손을 멈추고 예진을 바라봤다.
"뜨개질도 서두르면 코가 꼬여요. 급하게 뜨면 촘촘하지도 못하고 모양도 이상해져요."

예진은 윤슬의 말을 듣고 있었지만 마음 한편으로는 벽에 걸린 알록달록한 털실들을 바라보고 있었다. 그 예쁜 색깔들을 보니 문득 친구들이 떠올랐다.
"저는 저기 있는 예쁜 털실들이 아니라 검은색 털실 같아요."
"검은색 털실이 왜 나쁘다고 생각해요?"
"친구들은 다 예쁘고 알록달록한데, 저는 그냥... 눈에 안 띄고 평범하고..."
윤슬은 자리에서 일어나 한 구석에 있던 가방을 가져왔다. 검은색 털실로 정교하게 짜여진 토트백이었다. 단순해 보이지만 자세히 보면 복잡한 패턴이 숨어있었고, 묵직하면서도 세련된 느낌이었다.
"이것도 검은색 털실로 만든 거예요. 어때요?"
예진의 눈이 휘둥그래졌다. 검은색인데도 전혀 칙칙하지 않았다. 오히려 고급스럽고 세련되어 보였다.
"와... 진짜 예쁘네요."
"검은색도 이렇게 멋진 작품이 될 수 있어요. 다만 시간이 좀 걸릴 뿐이죠."
"저도 이런 가방 만들 수 있을까요?"
예진의 눈에 처음으로 생기가 돌았다.

"물론이죠. 하지만 처음엔 간단한 것부터 시작해야 해요."
윤슬은 예진에게 기본적인 뜨개질 방법을 가르쳐주기 시작했다. 코 잡는 법, 겉뜨기, 안뜨기. 예진의 서툰 손놀림에 윤슬은 인내심을 갖고 여러 번 알려주었다.
"아, 또 틀렸네요."
"괜찮아요. 뜨개질은 틀려도 다시 풀면 돼요. 인생도 마찬가지고요."
예진은 윤슬의 말에 고개를 들었다.
"처음엔 다들 틀려요. 저도 첫 작품은 울퉁불퉁했어요. 하지만 계속 하다 보면 손에 익어요."

그날 이후 예진은 매일 뜨개방에 나타났다. 취업 준비하는 시간 외에는 거의 뜨개방에서 보냈다. 처음엔 연습용 작은 수세미를 떴다. 그 다음엔 목도리를 떴다. 실수도 많이 했지만 윤슬은 늘 다독여주었다.
"왜 이렇게 친절하게 해주세요?"

어느 날 예진이 물었다.
"저도 예전에 도움을 많이 받았거든요. 20대 때 정말 힘들었어요. 그때 저를 도와준 분들 덕분에 지금의 제가 있어요."
윤슬의 눈에 따뜻한 빛이 감돌았다.
"그분들께 어떻게 보답했어요?"
"다른 사람을 도와주는 것으로요. 선의의 순환이라고 할까요."

한 달이 지나자 예진의 뜨개질 실력이 부쩍 늘었다. 목도리는 물론이고 간단한 조끼도 뜰 수 있게 되었다. 하지만 여전히 취업 소식은 없었다.
"언니, 저 너무 이상한 거 아니에요? 이렇게 늦게까지 취업을 못 하는 게."
"왜 이상하다고 생각해요?"
"친구들은 다 취업했는데... 수영이는 대기업 마케팅팀에 들어갔고, 민지는 외국계 회사에 들어갔어요. 그런데 저는..."
윤슬은 뜨개질하던 손을 멈추고 예진을 바라봤다.
"다른 사람과 비교하는 게 습관이 되었네요."
"그럼 비교 안 하고 어떻게 살아요? 똑같은 나이인데 저만 뒤쳐져 있잖아요."
"각자 다른 씨앗이에요. 해바라기 씨앗이 장미 씨앗보다 늦게 피었다고 해서 더 못한 건 아니잖아요."
예진은 고개를 저었다.
"그런 위로 말고요... 현실적으로 저는 지금 아무것도 아니에요."
윤슬은 예진의 손을 잡았다. 뜨개질을 하면서 거칠어진 손이었지만 따뜻했다.
"아무것도 아닌 사람은 없어요. 다만 자신의 가치를 모를 뿐이죠."

며칠 전 예진은 친구 수영이와 만났다. 수영이는 입사한 지 얼마 안 됐는데도 벌써 명품 가방을 하나 샀다며 자랑했다.
"이거 봐, 어때? 이백만원짜리야. 회사에서 보너스 받아서 샀어."
검은색 가죽 토트백이었다. 심플하면서도 고급스러운 디자인이었다.
"예쁘다."
예진은 진심으로 말했다. 하지만 마음 한편에서는 묘한 감정이 올라왔다. 부러움일까, 질투일까.
"너도 빨리 취업해서 이런 거 사야지. 아, 그런데 넌 아직도 구직 중이야?"
수영이의 말에는 악의는 없었지만, 예진에게는 바늘처럼 날카롭게 들렸다.
"응... 아직."
"에이, 눈을 좀 낮춰봐. 대기업만 고집하지 말고."
그날 밤 예진은 뜨개방에서 윤슬에게 수영이의 가방 이야기를 했다.
"부럽더라고요. 저도 그런 가방 하나 갖고 싶어요."
"그럼 만들어보세요."
"네?"
"뜨개질로 똑같은 가방 만들어보세요. 검은색 털실로요."
윤슬은 말하며 벽에서 고급스러운 검은색 털실을 꺼내왔다. 캐시미어가 섞인 원사였다.
"진짜요? 제가 그런 걸 만들 수 있을까요?"
"못할 것도 없어요. 시간이 좀 걸릴 뿐이죠."
예진은 그날부터 가방 뜨기에 매달렸다. 패턴을 그리고, 게이지를 맞추고, 조금씩 떠나가기 시작했다. 처음엔 쉬울 줄 알았는데 생각보다 복잡했다.

"이거 언제 끝나요?"
일주일째 같은 부분을 반복해서 뜨고 있던 예진이 한숨을 쉬었다.
"급하면 코가 꼬여요."
윤슬의 말에 예진은 짜증이 났다.
"언니는 그렇게 말하지만, 저는 정말 답답해요. 취업도 안 되고, 가방도 이런 식으로 느리고..."
"그럼 포기하세요."
윤슬의 예상외 대답에 예진은 당황했다.
"네?"
"포기하고 싶으면 포기해요. 억지로 할 필요는 없으니까."
예진은 뜨개질 바늘을 내려놓았다.
"진짜 포기할래요. 취업이고 뭐고 다 포기할래요."
"그래요. 그럼 포기하세요."
윤슬은 의외로 담담했다. 예진은 그런 윤슬의 반응이 더 당황스러웠다.
"포기해도 되는 거예요?"
"물론이죠. 본인 인생인데요."

예진은 그 말을 듣고 오히려 더 혼란스러워졌다. 누군가가 포기하지 말라고, 힘내라고 말해주길 바랐는데 윤슬은 그러지 않았다.
이상하게도 윤슬이 포기해도 된다고 하자 예진은 더 포기하고 싶지 않아졌다. 다음 날에도, 그 다음 날에도 뜨개방에 나타났다.
"어? 포기한다며?"
"그냥... 할 일이 없어서요."

예진은 투덜거리며 다시 뜨개질 바늘을 들었다. 윤슬은 그런 예진을 보며 빙긋 웃었다.

가방의 몸통 부분이 조금씩 형태를 갖춰갔다. 생각보다 예뻤다. 검은색이지만 빛에 따라 미묘하게 색이 달라 보였고, 짜임이 촘촘해서 고급스러워 보였다.

"언니, 이거 생각보다 예쁘네요."

"그렇죠? 검은색도 나름의 매력이 있어요."

"친구들 털실은 다 알록달록 예쁜데, 제 털실은 검은색이라 별로인 줄 알았어요."

"색깔이 예쁘고 안 예쁘고가 중요한 게 아니에요. 어떻게 쓰느냐가 중요하죠."

예진은 자신의 손에서 나오는 작품을 신기한 듯 바라봤다. 분명 자신의 손으로 만든 건데 이렇게 예쁠 수가 있나 싶었다.

"처음엔 모든 색깔이 예뻐 보여요. 하지만 막상 뜨다 보면 어떤 색은 때가 잘 타고, 어떤 색은 색이 빠지기도 해요. 검은색은 그런 게 없어요. 꾸준하고 믿을 만하죠."

2주째 가방을 뜨면서 예진은 자신의 마음을 들여다보게 되었다. 반복적인 손놀림이 마음을 차분하게 만들어주었다.

"언니, 저 왜 이렇게 조급했을까요?"

"왜일까요?"

"모르겠어요. 그냥... 남들보다 뒤처지는 게 무서웠어요."

"뒤처진다는 건 뭘 기준으로 하는 거예요?"

예진은 한참 생각했다.

"친구들이요. SNS에서 보는 사람들이요. 다들 잘 살고 있는 것 같은데 저만 아닌 것 같아서..."

"SNS는 하이라이트만 보여주는 거 알죠?"

"알긴 아는데... 그래도 현실적으로 저는 지금 백수잖아요."
윤슬은 예진이 뜨고 있는 가방을 가리켰다.
"이것도 아무 의미 없나요?"
"이건... 그냥 취미잖아요."
"취미라고 해서 가치가 없는 건 아니에요. 이 가방을 만들면서 예진씨가 얼마나 집중력이 생겼는지, 얼마나 끈기가 생겼는지 저는 지켜보고 있어요."
예진은 자신도 모르게 뜨개질에 집중하고 있는 자신을 발견했다. 예전 같으면 10분도 못 앉아 있었을 텐데 지금은 몇 시간씩 앉아서 뜨개질을 하고 있었다.

가방의 모양이 거의 완성되어 갈 무렵, 예진은 예전과 달라진 자신을 느꼈다. 아침에 일어나면 취업 사이트부터 확인하던 습관이 사라졌다. 대신 뜨개방에 가서 조용히 가방을 뜨는 것으로 하루를 시작했다.
"언니, 이상해요. 예전엔 하루라도 빨리 취업해야 한다고 생각했는데, 지금은 그런 생각이 덜 들어요."
"왜 그럴까요?"
"모르겠어요. 그냥... 지금 이 순간이 나쁘지 않다는 생각이 들어요."
윤슬은 고개를 끄덕였다.
"마음이 급할 때는 아무것도 제대로 보이지 않아요. 조금 여유가 생기면 보이는 것들이 있어요."
실제로 예진은 뜨개질을 하면서 자신에 대해 많은 것을 발견했다. 완벽주의 성향이 있다는 것, 한 번에 모든 걸 이루려고 한다는 것, 실패를 너무 무서워한다는 것.
"저는 한 번에 완벽하게 하려고 하는 것 같아요."

"그래서 더 힘든 거예요. 뜨개질도 한 코씩 떠야 완성되는 건데, 인생도 마찬가지예요."
가방이 거의 완성되어 갈 즈음, 예진에게 중소기업에서 면접 제의가 왔다. 예전 같으면 대기업이 아니라며 실망했을 텐데, 이번에는 달랐다.
"언니, 면접 제의가 왔어요."
"축하해요. 어떤 회사예요?"
"중소기업이에요. 예전 같으면 아예 관심도 없었을 텐데... 이번에는 가보려고요."
"좋은 마음이네요."
"뜨개질하면서 배운 게 있어요. 작은 것부터 차근차근 해야 한다는 것."

면접을 앞둔 예진은 긴장했지만 예전처럼 절망적이지는 않았다. 떨어져도 또 다른 기회가 있을 거라는 생각이 들었다.
"뜨개질 덕분에 인내심이 생긴 것 같아요. 예전엔 결과가 안 나오면 바로 포기했는데, 이제는 조금 더 기다릴 수 있어요."
면접날 아침, 예진은 거의 완성된 가방을 바라봤다. 손잡이 부분만 남겨두고 거의 다 완성되었다. 검은색이지만 전혀 어둡지 않았다. 오히려 차분하고 신뢰감이 느껴졌다.
"오늘 면접이에요."
"많이 떨리죠?"
"네. 하지만 예전보다는 덜 떨려요."
예진은 가방을 쓰다듬으며 말했다.

"이 가방을 뜨면서 배운 게 있어요. 급하게 하면 오히려 더 오래 걸린다는 것. 그리고 실수해도 다시 시작할 수 있다는 것."

면접장에서 예진은 떨렸지만 차분했다. 면접관의 질문에 솔직하게 대답했다.
"다른 지원자들에 비해 경력이 없는 편인데, 어떻게 생각하세요?"
예전 같으면 변명부터 했을 텐데, 이번에는 달랐다.
"늦게 시작한 만큼 더 간절하고, 더 열심히 할 수 있습니다. 그리고 이 시간 동안 포기하지 않는 법을 배웠습니다."
면접관들은 예진의 진솔한 답변에 고개를 끄덕였다.
일주일 후, 합격 통보가 왔다. 예진은 진심으로 기뻤다.
"언니! 합격했어요!"
뜨개방에 뛰어들어온 예진의 얼굴이 환했다.
"축하해요. 정말 잘했어요."
"이제 가방도 빨리 완성해야겠어요. 출근할 때 들고 가려고요."
"그래요. 이제 정말 얼마 안 남았네요."

예진은 마지막 손잡이 부분을 열심히 뜨기 시작했다. 이제는 바늘 놀림이 훨씬 자연스러웠다.
"언니, 제가 많이 변한 것 같아요."
"어떻게요?"
"예전엔 뭐든지 빨리빨리 하려고 했는데, 이제는 차근차근 하는 맛을 알겠어요."
윤슬은 뿌듯한 미소를 지었다.
"그게 가장 큰 성과네요."

드디어 가방이 완성되었다. 검은색 털실로 뜬 토트백은 수영이의 명품 가방 못지않게 멋있었다. 아니, 어쩌면 더 특별해 보였다. 세상에 하나뿐인 가방이었으니까.

"와... 제가 이런 걸 만들었다는 게 믿어지지 않아요."
예진은 가방을 이리저리 살펴보며 감탄했다.
"2달 전에는 뜨개질 바늘도 제대로 못 잡았는데, 이제 이런 걸 만들다니."
"처음엔 불가능해 보이는 것도 한 코씩 떠나가면 완성돼요."
윤슬은 예진이 만든 가방을 자랑스럽게 바라봤다.
"취업도 마찬가지였어요. 한 번에 되지 않아서 포기하려고 했는데, 조금씩 준비하다 보니까 결국 되더라고요."
"이제 깨달았어요. 제가 너무 성급했다는 걸."
예진은 가방을 어깨에 메어봤다. 딱 맞았다.

출근 첫날, 예진은 자신이 만든 검은색 가방을 메고 회사에 갔다. 버스에서 사람들이 가방을 유심히 보는 것을 느꼈다.
"가방 어디서 샀어요? 너무 예쁘네요."
옆자리에 앉은 회사원이 물었다.
"직접 만든 거예요."
"정말요? 대단하네요."
그 순간 예진은 가슴이 뿌듯했다. 브랜드 가방도 아닌데 사람들이 예쁘다고 해주는 게 신기했다.
회사에서도 마찬가지였다. 동료들이 가방을 보고 감탄했다.
"손재주가 좋으시네요."
"시간이 많이 걸렸을 것 같은데, 끈기가 대단해요."
예진은 처음으로 자신이 자랑스러웠다. 남들과 비교해서가 아니라, 자기 자신으로서 말이다.
취업을 축하하기 위해 예진은 수영이와 다시 만났다. 수영이는 예진의 가방을 보고 눈을 휘둥그렸다.
"어머, 이 가방 어디 거야? 너무 예쁘다!"

"내가 만든 거야."
"진짜? 설마!"
수영이는 믿을 수 없다는 표정으로 가방을 자세히 살펴봤다.
"이거 진짜 손으로 뜬 거야? 어떻게 이렇게 정교하게 만들었어?"
"2달 걸렸어. 매일 조금씩 떠서."
"대박... 이거 명품 가방보다 더 예쁜데? 나도 하나 만들어줘."
예진은 웃었다. 예전 같으면 수영이의 명품 가방을 부러워했을 텐데, 지금은 전혀 그렇지 않았다. 오히려 수영이가 자신의 가방을 부러워하고 있었다.
"뜨개질은 하루아침에 배울 수 있는 게 아니야. 시간이 많이 걸려."
"그래도 가르쳐줘. 나도 이런 거 하나 만들고 싶어."
"그럼 뜨개방 가서 배워봐. 윤슬 언니가 잘 가르쳐줘."

수영이와 헤어진 후, 예진은 자신의 마음을 살펴봤다. 더 이상 다른 사람과 비교하지 않고 있었다. 자신만의 속도로 자신만의 길을 걷고 있다는 생각이 들었다.
회사 생활은 생각보다 괜찮았다. 동료들도 좋고 일도 보람 있었다. 무엇보다 예진 자신이 달라져 있었다.
"예진씨, 프로젝트 마감이 내일인데 괜찮겠어요?"
팀장의 질문에 예전 같으면 패닉 상태가 되었을 텐데, 예진은 차분했다.
"네, 차근차근 해보겠습니다."

뜨개질을 하면서 기른 집중력과 끈기가 일할 때도 도움이 되었다. 급하다고 해서 허둥지둥하지 않고, 차분히 우선순위를 정해서 하나씩 처리했다.

동료들도 예진의 차분함을 높이 평가했다.
"예진씨는 멘탈이 좋네요. 신입인데도 전혀 흔들리지 않아요."
"차분해서 같이 일하기 편해요."
예진은 그럴 때마다 윤슬의 말이 떠올랐다. '뜨개질도 서두르면 코가 꼬인다.' 일도 마찬가지였다.

어느 날 윤슬이 예진에게 제안을 했다.
"예진씨, 뜨개질 강사 해볼 생각 없어요?"
"저요? 아직 초보인데요."
"처음 배우는 사람들에게는 오히려 초보가 더 잘 가르칠 수 있어요. 그 마음을 잘 아니까."
예진은 망설였다. 회사 일도 있고, 자신이 과연 가르칠 수 있을까 하는 의구심도 들었다.
"생각해볼게요."
하지만 마음 한편으로는 설렜다. 자신이 배운 것을 다른 사람에게 전해줄 수 있다니.
일주일 후, 예진은 윤슬에게 답을 했다.
"해보고 싶어요. 주말에만이라도."
"좋아요. 천천히 시작해봐요."
예진의 첫 수강생은 40대 주부였다. 아이들이 커서 시간이 나는데 뭔가 의미 있는 일을 하고 싶다고 했다.
"저도 처음엔 어려웠어요. 하지만 조금씩 하다 보면 금세 늘어요."

예진은 자신의 경험담을 들려주며 차근차근 가르쳤다. 어떤 부분에서 실수하기 쉬운지, 어떻게 하면 더 쉽게 배울 수 있는지 잘 알고 있었다.

회사에서도 인정받는 직원이 되었고, 주말에는 뜨개질을 가르치며 보람을 느끼고 있었다.
어느 날 수강생 중 한 명이 말했다.
"선생님, 저 요즘 너무 행복해요. 뜨개질하는 시간이 제일 좋아요."
"저도 그랬어요. 뜨개질하면서 마음이 차분해지더라고요."
"그런데 선생님은 언제부터 뜨개질을 배우신 거예요?"
"저요? 몇 달 전에 시작했어요."
"에? 겨우 몇 달 전이요? 그런데 이렇게 잘하세요?"

예진은 웃었다. 얼마 전 자신을 떠올려봤다. 200원이 없어서 라면도 사지 못했던 그때의 자신을.
"저도 처음엔 아무것도 몰랐어요. 하지만 매일 조금씩 하다 보니 이렇게 되더라고요."
그 말을 하면서 예진은 깨달았다. 자신이 정말 많이 변했다는 것을.
조용한 오후, 예진과 윤슬은 차를 마시며 이야기를 나누고 있었다.
"언니, 제가 처음 여기 왔을 때 생각나요?"
"그럼요. 200원 갚으러 왔다면서 그렇게 절망적인 표정을 짓고 있었죠."
"그때 저는 정말 막막했어요. 아무것도 안 되는 것 같고, 제가 쓸모없는 사람 같고..."
"지금은 어때요?"
예진은 잠시 생각했다.
"지금은... 괜찮아요. 완벽하지는 않지만, 저만의 속도로 가고 있다는 생각이 들어요."

"그게 가장 중요해요."
윤슬은 따뜻한 미소를 지었다.
"언니가 그때 저에게 '뜨개질도 서두르면 코가 꼬인다'고 했잖아요. 그 말 덕분에 많이 배웠어요."
"예진씨가 스스로 깨달은 거예요. 저는 그냥 옆에서 지켜봤을 뿐이고요."
"아니에요. 언니가 포기해도 된다고 했을 때, 오히려 포기하고 싶지 않아졌어요. 그게 신기했어요."
"때로는 허용이 압박보다 더 큰 힘을 주죠."
예진은 윤슬에게 특별한 선물을 가져왔다.
"언니, 이거 드릴게요."
검은색과 회색이 조화롭게 어우러진 목도리였다. 복잡한 케이블 패턴이 정교하게 짜여 있었다.
"와... 이거 정말 예진씨가 만든 거예요?"
"네. 좀 형편없죠?"
윤슬은 목도리를 목에 둘러보며 거울을 봤다.
"정말 예뻐요. 고마워요."
"언니가 저에게 해주신 것에 비하면 아무것도 아니에요."
"뭘 그렇게 거창하게... 저는 그냥 실과 바늘만 빌려준 거예요. 작품은 예진씨가 만든 거고요."
예진은 고개를 저었다.

"언니가 저에게 시간을 선물해 주셨어요. 급하지 말라고, 내 속도로 가도 된다고..."
예진은 이제 새로운 꿈을 갖게 되었다. 언젠가는 자신만의 뜨개방을 열고 싶었다. 급하지는 않았다. 천천히 준비해서 제대로 하고 싶었다.

"언니, 저도 언젠가는 뜨개방 하나 열고 싶어요."
"좋은 생각이에요. 어떤 뜨개방을 만들고 싶어요?"
"저처럼 마음이 급한 사람들이 와서 쉬어갈 수 있는 곳이요. 뜨개질도 배우고, 마음도 차분해질 수 있는..."
윤슬은 예진의 말을 들으며 흐뭇해했다.
"분명 좋은 뜨개방이 될 거예요."
"아직 멀었어요. 돈도 모아야 하고, 실력도 더 늘려야 하고..."
"서두를 필요 없어요. 뜨개질도..."
"서두르면 코가 꼬인다. 알고 있어요."
둘은 서로 보며 웃었다.

어느 일요일 오후, 예진은 뜨개방에서 새로운 작품을 구상하고 있었다. 얼마 전부터 이곳 멤버인 교장 선생님과 순자 할머니가 커플 스웨터를 만든다고 하셨는데 자신도 스웨터에 도전해보고 싶어졌다.
그때 뜨개방 문이 열리며 20대 후반쯤 되어 보이는 남자가 들어왔다. 망설이는 표정으로 주변을 둘러보더니 조심스럽게 물었다.
"혹시... 남자도 뜨개질 배울 수 있나요?"
"물론이죠. 어서 들어오세요."
윤슬이 환하게 웃으며 맞아주었다.
"저는... 요즘 너무 힘들어서요. 친구가 뜨개질을 해보라고 추천해줬는데..."
예진은 그 남자의 표정에서 얼마 전의 자신을 봤다. 똑같이 절망적이고, 똑같이 조급해하는 모습이었다.
"저도 여기서 처음 배웠어요."
예진이 말했다.
"정말요?"

"네. 처음엔 저도 회의적이었어요. 뜨개질이 뭘 바꿔줄 수 있을까 싶어서요."
"지금은 어떠세요?"
"많이 달라졌어요. 마음도 차분해지고, 무엇보다..."
예진은 잠시 멈췄다가 미소를 지었다.
"제 속도로 살아가는 법을 배웠어요."
그 남자는 해찬이라고 자기소개를 했다. 대학원을 졸업했지만 취업이 안 되고 있다고 했다. 예진은 해찬에게 기초적인 뜨개질을 가르쳐주기 시작했다.
"이렇게 바늘을 잡으세요."
"어려워요. 손이 안 따라와요."
"처음엔 다 그래요. 저도 한 달 동안 연습용 수세미만 떴어요."
해찬은 서툰 손놀림으로 첫 번째 코를 잡으려고 애썼다.
"언제쯤 익숙해질까요?"
"사람마다 달라요. 하지만 급하게 생각하지 마세요."
예진은 윤슬에게서 들었던 말을 해찬에게 전해주었다.
"뜨개질도 서두르면 코가 꼬여요."
그 순간 예진은 이상한 기분을 느꼈다. 자신이 들었던 그 말을 이제는 다른 사람에게 해주고 있다니.

몇 개월 후, 해찬도 눈에 띄게 달라졌다. 처음 왔을 때의 초조함이 사라지고 차분함이 생겼다.
"누나, 저 면접 제의가 왔어요."
"축하해요. 어떤 회사예요?"
"스타트업이에요. 규모는 작지만 하고 싶은 일이에요."
예진은 해찬의 변화를 보면서 뿌듯했다. 자신이 윤슬에게서 받았던 도움을 다른 사람에게 줄 수 있다는 게 신기했다.

"처음엔 대기업만 고집했는데, 이제는 생각이 달라졌어요."
"어떻게요?"
"회사 규모보다는 제가 성장할 수 있는지가 더 중요한 것 같아요. 그리고... 제 속도에 맞는 곳이면 좋겠어요."
예진은 웃었다. 정말 많이 달라진 것 같았다. 해찬도, 자신도.

어느 날 예진은 혼자서 뜨개방에 앉아 생각에 잠겼다. 지금의 자신을 비교해봤다.
항상 늘 조급했다. 남들과 비교하며 자신을 채찍질했다. 빨리빨리 결과를 내고 싶어했다. 하지만 그럴수록 더 아무것도 이루지 못했다. 지금은 달랐다. 여전히 완벽하지는 않았지만, 자신만의 속도로 살아가고 있었다. 회사에서도 인정받고 있고, 뜨개질 강사로도 보람을 느끼고 있었다.
무엇보다 마음이 편안했다.
'급하게 살지 않아도 되는구나.'

예진은 그런 생각을 하며 새로운 작품을 뜨기 시작했다. 이번에는 아기 담요를 뜨려고 했다. 친구가 출산을 앞두고 있어서였다. 하얀색과 연노란색이 조화를 이루는 예쁜 담요가 될 예정이었다. 완성된 아기 담요를 보며 예진은 또 한 번 깨달았다.
"이렇게 예쁜 담요를 제가 만들었다니."
윤슬이 담요를 들여다보며 감탄했다.
"정말 정교해요. 이제 진짜 실력자가 되었네요."
"아직 갈 길이 멀어요."
"그렇게 생각하니까 더 성장할 수 있는 거예요."
예진은 담요를 포장하면서 생각했다.
얼마 전만 해도 뜨개질은 할머니나 하는 것이라고 생각했다.

지루하고 재미없는 일이라고 여겼다.
하지만 직접 해보니 전혀 달랐다. 뜨개질은 단순한 취미가 아니었다. 인내심을 기르고, 집중력을 키우고, 무엇보다 자신과 대화할 수 있는 시간을 주는 소중한 활동이었다.
"언니, 뜨개질의 가장 큰 장점이 뭐라고 생각해요?"
"음... 뭘까요?"
"기다림을 배우는 거 같아요. 결과를 서두르지 않고 과정을 즐기는 것."
윤슬은 고개를 끄덕였다.
"맞아요. 그게 인생과 비슷해요."
열심히 회사 일에 집중한 덕에 예진은 승진을 할 수 있었다. 주말에는 여전히 윤슬의 뜨개방에서 강의를 하고 있다. 그리고 조금씩 자신만의 뜨개방을 열 준비를 하고 있다.

오늘도 새로운 수강생이 뜨개방에 찾아왔다. 30대 초반의 여성으로, 육아 스트레스로 힘들어하고 있다고 했다.
"저는 아무것도 잘하는 게 없어요. 애만 키우다 보니 제가 누구인지도 모르겠어요."
그 여성의 말에 예진은 지현 언니를 생각했다.
"제가 아는 분도 그랬어요. 아무것도 안 되는 것 같고, 쓸모없는 사람 같다고 .."
"그분 지금은 어떠세요?"
"지금은..그 분 속도로 잘 살고 있어요."
예진은 검은색 털실을 꺼내며 말했다.
"이 털실처럼 화려하지 않아도 괜찮아요. 각자만의 색깔이 있으니까요."
그 여성이 서툰 손놀림으로 첫 번째 코를 잡으려고 할 때, 예진은 윤슬이 자신에게 했던 말을 전해주었다.
"뜨개질도 서두르면 코가 꼬여요. 천천히 하세요. 나만의 속도로 가도 괜찮아요. 급하게 생각하지 말아요. 늦어도 괜찮아요. 중요한 건 포기하지 않고 자신만의 속도로 꾸준히 걸어가는 거예요. 뜨개질도 서두르면 코가 꼬이듯, 인생도 마찬가지죠. 천천히, 그러나 확실하게. 나만의 색깔로, 나만의 속도로가면 되요."
창밖으로 따뜻한 봄볕이 들어왔다. 예진은 자신의 어깨에 걸린 검은색 가방을 쓰다듬었다.
처음 만든 그 가방은 여전히 든든하고 아름다웠다.
시간이 지날수록 더욱 깊은 맛이 우러나는, 마치 자신처럼.

5부   - 두근두근 분홍색 목도리

영숙 할머니는 바닷가 뜨개방 창가 자리에 앉아 흐릿해져 가는 시야로 바다를 바라봤다. 망막색소변성증이 진행되면서 시야가 점점 좁아지고 있었지만, 파도가 밀려오는 리듬만큼은 여전히 마음을 차분하게 만들었다.
자식들은 함께 살자고 했지만, 시력을 잃어가는 상황에서 복잡한 도시 생활이 두려웠다.

함께 오겠다는 자식들은 나만의 시간이 필요하다는 핑계로 거절했다. 사방이 산인 곳에서 태어났기에 바다를 보며 살고 싶다는 마음에 무턱대고 순자 할머니 뒷집으로 이사를 왔다. 처음에는 낯선 동네가 걱정이었지만, 이제는 이곳이 집 같았다. 뜨개방에서 만난 사람들, 특히 지현과 삼남매, 그리고 윤슬, 예진은 진짜 가족 같았다. 그리고 무엇보다...

"영숙 할머니, 안녕하세요."
문이 열리며 방부 할아버지가 들어오셨다. 동네에서 낚싯배 네 척을 가지고 있는 마당발로 유명한 분이었다. 영숙의 가슴이 콩닥콩닥 뛰었다. 이사 온 후 여러 번 도움을 받으면서 자연스럽게 가까워진 분이었다.
"방부님 오셨어요?."
영숙 할머니는 자연스럽게 인사했지만 얼마 전부터 서로의 이름을 부를 정도로 가까워진 것에 갑자기 볼이 살짝 빨개졌다.
방부 할아버지는 영숙 할머니 옆자리에 앉으며 말했다.
"오늘 바다가 특히 예쁘네요."
"그러게요. 이사 와서 보는 바다 색이 날마다 달라서 좋아요."
"할아버지 오셨어요?"

아침부터 부지런한 윤슬은 뜨개방 문을 열고, 잠시 마당을 쓸러 갔다 오는 길이었다.
"아침부터 날씨가 너무 좋지요? 이런 날은 놀러 가야 하는데. 근데 이렇게 두 분 앉아계신 거 보니 너무 보기 좋아요. 두 분은 어떻게 친해지셨어요?"
방부 할아버지가 먼저 대답했다.
"영숙 할머니가 이사 오실 때부터 알게 됐지요. 혼자 이사 오시는 게 걱정돼서 여러 가지 도와드렸거든요."
영숙 할머니가 부끄러워하며 고개를 끄덕였다.
"방부님이 정말 많이 도와주셨어요. 이사부터 시작해서..."

방부 할아버지는 어릴 적 아버지가 일본에서 큰 탄광을 운영했다고 한다. 하지만 일본인의 횡포에 뺏긴 후 억울함 속에서 돌아가시게 되었다. 어머니와 누나, 형과 함께 고향으로 돌아왔다.

할아버지의 어머니는 남편이 남겨준 금덩이 하나를 꽁꽁 숨겨서 가지고 왔다. 그것이 밑천이 되어 어머니의 고향에 터를 잡을 수 있었다. 그래서인지 어려운 사람을 보면 그냥 지나치지 못하는 성격이었다. 술도 좋아하고 사람도 좋아해서 동네에서 방부 할아버지를 싫어하는 사람이 없었다.
"시력이 안 좋으시다고 해서 더 신경 쓰이더라고요."
"고마워요. 덕분에 잘 적응했어요."
며칠이 지났다.
"영숙 할머니, 오늘은 뭘 떠실 거예요?"
지현이 옆에 앉으며 물었다.
"음... 목도리를 떠볼까 해요."
"목도리요? 누구 주실 거예요?"
영숙은 잠시 망설이다가 작은 목소리로 말했다.
"방부님이 배에서 일하실 때 바닷바람이 차다고 해서..."
"아하!" 지현이 의미심장하게 웃었다. "그럼 무슨 색으로 하실래요?"

영숙은 털실 진열대를 바라보다가 핑크색 털실에 눈이 멈췄다. 부드럽고 따뜻한 색깔이었다.
"핑크색이 어떨까요?"
"어머, 핑크색이요? 로맨틱하네요!" 윤슬이 웃으며 말했다.
"로맨틱이 뭐예요. 그냥 따뜻해 보여서 그래요." 영숙은 부끄러워하며 핑크색 털실을 집어들었다.
"할머니, 그런데 어떤 뜨기로 하실 거예요? 무늬를 넣으실래요?"
"아니요. 메리야스뜨기로 할 거예요."
"메리야스뜨기요? 목도리치고는 좀 단순하지 않나요?"
영숙은 털실을 만지작거리며 말했다.
"메리야스뜨기가 제일 따뜻해요. 복잡한 무늬보다는 마음이 더 중요하거든요."
실제로 영숙은 메리야스뜨기를 좋아했다. 시력이 좋지 않아서 복잡한 무늬는 어려웠지만, 단순하고 반복적인 메리야스뜨기는 손끝으로 느낄 수 있었다. 한 코, 한 코 떠나가면서 마음도 함께 담을 수 있는 것 같았다.

그날 저녁, 영숙은 집에서 혼자 뜨개질을 시작했다. 핑크빛 털실이 바늘에 걸리면서 부드럽게 늘어났다. 메리야스뜨기의 단순한 반복 속에서 마음이 차분해졌다.
'한 코 넣고, 실을 걸고, 빼내고...'
뜨개질을 하면서 영숙은 방부 할아버지와 처음 만났던 날을 떠올렸다.
이사 온 첫날이었다. 짐을 정리하느라 정신없던 중에 갑자기 앞이 보이지 않아 넘어질 뻔했다. 그때 누군가 재빨리 부축해 준 것이 방부 할아버지였다.
"괜찮으세요?"
"네, 고마워요. 아직 집이 낯설어서..."
"아, 새로 이사 오신 분이시구나. 저는 방부라고 합니다."
"영숙이에요. 잘 부탁드려요."
칠십이 넘은 나이에 누군가에게 자신의 이름을 말하는게 어색해 얼굴이 붉어졌다.

그 첫 만난 날부터, 방부 할아버지는 영숙을 챙겨줬다. 장 볼 때 함께 가자고 하고, 병원 갈 때도 차로 태워다 주고, 무거운 일이 있으면 도와줬다.
"혼자 사시기 힘드시죠?"
"괜찮아요. 시력만 조금 불편할 뿐이에요."

"저도 혼자 살아서 잘 알아요. 우리 서로 도우며 살아요."

방부 할아버지는 항상 밝았다. 동네 사람들과 어울리는 것도 좋아하고, 술도 좋아했지만 절대 과하지 않았다. 바다에서 일하는 사람답게 시원시원한 성격이었다.
"영숙 할머니, 우리 배 타러 가요."
"배요?"
"네, 바다 구경하러요. 배에서 보는 바다가 또 달라요."
처음에는 무서웠지만, 방부 할아버지가 옆에 있으니 안심이 되었다. 배에서 바라본 바다는 정말 달랐다. 시야가 좁아도 바다의 광활함은 느낄 수 있었다.
"어때요? 기분 좋죠?"
"네, 정말 좋아요."

그날부터 둘의 관계는 조금씩 달라졌다. 영숙은 방부 할아버지를 볼 때마다 가슴이 두근거렸고, 방부 할아버지도 영숙을 보는 눈빛이 예전과 달랐다.
다음 날 뜨개방에서 영숙은 본격적으로 목도리를 뜨기 시작했다. 바닷가 뜨개방 창가 자리에서 파도 소리를 들으며 메리야스뜨기를 했다.
'한 코, 한 코...'
단순한 반복이지만 그 리듬 속에서 마음이 차분해졌다. 핑크빛 털실이 조금씩 늘어나면서 목도리의 모양이 잡혀갔다.
"영숙 할머니, 어떤 마음으로 목도리 만드시는 거예요?"
월차를 내고 뜨개방에 놀러 와 있던 예진이 옆에서 물었다.
"어떤 마음이라니요?"
"제 남자친구 목도리 뜰 때는 너무 떨리더라고요. 좋아하는 사람

거니까."
영숙은 잠시 손을 멈추고 생각했다. 방부 할아버지에 대한 자신의 마음이 무엇인지 정확히 알기는 어려웠다. 고마운 마음인지,

아니면 남녀 간의 사랑인지...
"글쎄... 고마운 분이니까 따뜻한 마음으로 떠드리는 거죠."
"정말요? 그냥 고마운 마음이에요?"
예진의 장난스러운 질문에 영숙은 얼굴이 빨개졌다.
"이 진짜! 나이도 먹은 사람이 무슨 연애를 해요."
하지만 마음속으로는 인정하고 있었다. 방부 할아버지에 대한 자신의 감정이 단순한 고마움은 아니라는 것을.
"할머니, 사랑에 나이가 어디 있어요."
윤슬이 웃으며 끼어들었다.
"그래도 이 나이에..."
"오히려 더 순수할 수도 있어요. 젊을 때는 여러 가지 계산이 있잖아요. 조건이라든지, 미래라든지. 하지만 지금은 그냥 순수하게 그 사람이 좋은 거잖아요."
윤슬의 말에 영숙은 고개를 끄덕였다. 정말 그랬다. 지금은 방부 할아버지의 재산이나 외모, 사회적 지위 같은 건 중요하지 않았다. 그냥 그 사람이, 항상 자신을 챙겨주던 그 사람이 좋았다.
그때 뜨개방 문이 열리며 방부 할아버지가 들어왔다.

"안녕하세요."
"어서 오세요, 방부님."
윤슬이 반갑게 맞았다.
영숙은 재빨리 뜨고 있던 핑크빛 목도리를 가방 속에 숨겼다. 아직 완성되지 않았을 뿐만 아니라 부끄럽기도 했다.
"영숙 할머니, 뭘 그렇게 급하게 숨기고 있어요?"

방부 할아버지가 웃으며 물었다.
"아, 아무것도 아니에요. 그냥..."
"뭘 뜨고 있었는데요?"
"목도리요!" 예진이 대신 대답했다.
"예진야!" 영숙이 당황하며 예진을 쳤다.
"목도리? 누구 줄 거예요?"
방부 할아버지가 궁금해했다.
"그... 그냥... 누구 줄지 정하지 않고 뜨는 거예요."
영숙은 얼굴이 빨개지며 얼버무렸다.
방부 할아버지는 영숙의 반응이 재미있다는 듯 웃었다. 이사 온 후부터 영숙은 부끄러워하면 얼굴이 빨개지고 말을 더듬었다. 그런 모습이 귀여웠다.
"무슨 색이에요?"
"핑크색이에요!" 이번에도 예진이 대신 대답했다.
"핑크색? 예쁜 색이네요."
방부 할아버지의 말에 영숙은 더욱 부끄러워했다.

그날부터 영숙 할머니는 뜨개방에서 시간을 보내는 일이 많아졌다. 자연스레 방부 할아버지가 영숙 할머니가 목도리를 뜨는 것을 지켜보면서 자신도 다음 작품을 뭐로 해야 할지 고민을 했다.
"저도 뭔가 떠보고 싶은데요."
"좋은 생각이에요." 윤슬이 말했다.
"할머니가 방부님께 목도리를 떠드리니까, 방부님도 할머니께 뭔가 떠드리면 어때요?"
영숙 할머니와 방부 할아버지는 서로를 바라보며 얼굴이 붉어졌다.
"흠·흠. 그래요, 좋은 생각이네요."

방부 할아버지가 진한 남색 털실을 골랐다. 영숙 할머니가 좋아할 만한 색이었다.
두 사람은 나란히 앉아 뜨개질을 했다. 영숙 할머니는 방부 할아버지를 위해 핑크색 목도리를, 방부 할아버지는 영숙 할머니를 위해 남색 목도리를 떴다.
"영숙 할머니, 뜨개질 정말 잘하시네요."
"시력이 안 좋아서 손으로 더 많이 하게 되더라고요. 기억 안 나세요? 처음에 실수 많이 했잖아요."
"그랬나요? 지금은 완전 능숙한데요."
두 사람은 이런저런 이야기를 나누며 뜨개질을 계속했다.
"방부님, 배에서 일하실 때도 이런 거 하세요?"
"아니요. 배에서는 할 시간도 없고, 생각해볼 여유도 없었죠."
"그럼 여기서 배운 거네요?"
"네. 근데 생각보다 재미있어요. 마음이 차분해지는 것 같아요."
뜨개방에 있던 사람들 모두 방부 할아버지의 말에 공감했다.
뜨개질은 단순한 취미가 아니었다. 마음을 평안하게 만들어주는 치유의 시간이었다.

뜨개방을 나선 두 사람은 함께 바닷가를 산책했다. 나란히 걸으면서 이야기를 나눴다.
"영숙 할머니, 이사 온 지도 벌써 몇 달이 됐네요."
"네. 이제 이곳이 집 같아요."
"처음에는 걱정 많이 하셨는데…"
두 사람은 추억에 잠겨 걸었다. 발밑으로 밀려오는 파도가 발가락을 간지럽혔다.
"방부님 덕분에 잘 적응했어요."
"제가 뭘 했다고요. 영숙 할머니가 워낙 밝으시니까."

"시력이 안 좋아져도 포기하지 않고 여기까지 왔는데, 방부님이 없었다면 힘들었을 거예요."
방부 할아버지는 잠시 멈춰 섰다가 말했다.
"영숙 할머니."
"네?"
"저... 할 말이 있어요."
영숙의 가슴이 두근거렸다.
"뭔데요?"
"저... 할머니를 좋아합니다."
영숙은 깜짝 놀랐다. 마음속으로는 기대하고 있었지만, 직접 들으니 더욱 떨렸다.
"정말요?"
"네. 처음에는 그냥 도와드리고 싶은 마음이었는데, 시간이 지날수록 더 특별한 감정이 생겼어요."
영숙도 용기를 내서 말했다.
"저도... 저도 방부님을 좋아해요."
"정말요?"
"네. 하지만 말할 수 없었어요. 제가 먼저 그런 말 하는 게 부담스러우실까 봐."

두 사람은 서로를 바라보며 웃었다. 서로의 마음을 확인하는 순간이었다.
"그럼 우리 둘 다 같은 마음이었네요."
"다행이에요. 지금 알게 돼서."
두 사람은 다시 걷기 시작했다.
이제는 단순한 이웃이 아니라는 것을 서로 알고 있었다.

일주일 후, 영숙 할머니의 핑크빛 목도리가 완성되었다. 메리야스뜨기로 만들어진 목도리는 단순했지만 따뜻하고 부드러웠다. 무엇보다 영숙의 정성이 한 땀 한 땀 담겨있었다.
"와, 정말 예뻐요!"
윤슬이 감탄했다.
"색깔도 고우고, 촉감도 좋네요."
지현도 만져보며 칭찬했다.
"메리야스뜨기인데도 이렇게 예쁠 수가 있네요."
"단순한 게 더 예쁜 법이에요." 영숙은 뿌듯한 미소를 지었다.
"언제 드릴 거예요?"
"글쎄... 언제가 좋을까요?"
영숙 할머니는 고민이 되었다. 그냥 주자니 너무 대놓고 좋아한다는 표현 같고, 안 주자니 왜 떴나 싶고...
"그냥 자연스럽게 주세요. 바닷바람이 차다고 하셨으니까 걱정되어서 떠준 거라고 하시면 되잖아요."
윤슬의 조언에 영숙은 고개를 끄덕였다.

그때 문이 열리며 방부 할아버지가 들어왔다.
"안녕하세요."
"어서와요."
영숙 할머니는 재빨리 목도리를 가방에 넣었지만, 이번에는 방부 할아버지의 눈에 들어왔다.
"뭘 숨기고 있어요?"
"아무것도 아니에요."
"아까 본 것 같은데... 핑크색 목도리 아니에요?"
영숙은 더 이상 숨길 수 없다는 생각이 들었다.
"네... 완성됐어요."

"정말요? 보여주세요."
"부끄러워요..."
"왜 부끄러워해요? 할머니 손으로 만든 거잖아요."
영숙 할머니가 천천히 가방에서 목도리를 꺼냈다. 핑크빛 목도리가 햇살에 반짝였다.
"와... 정말 예뻐요."
방부 할아버지는 진심으로 감탄했다.
"역시 솜씨가 좋으니 이렇게 예쁠 수가 있군요."
"그럼요. 원래 영숙 할머니 솜씨가 너무 좋으셔서.."
윤슬이 영숙 할머니를 치켜세워줬다.
"단순하지만 따뜻할 거예요. 방부님 배에서 일하실 때 바닷바람이 차다고 하셨잖아요."
영숙 할머니는 잠시 망설이다가 조심스럽게 말했다.
방부 할아버지의 얼굴이 환해졌다.
"그런 걱정까지 해준 거예요?"
"네... 좋은 분이니까..."
"고마워요, 영숙 할머니."
방부 할아버지는 목도리를 받아들며 영숙 할머니의 손을 잠깐 잡았다.
영숙 할머니의 가슴이 두근거렸다.
뒤에서 이 모습을 지켜보는 지현과 윤슬의 가슴도 두근거렸다.
방부 할아버지는 바로 목도리를 둘러봤다. 핑크색이 너무 잘 어울렸다. 얼굴이 환해 보였다.
"어때요?"
"잘 어울려요." 영숙 할머니는 부끄러워하며 말했다.
"정말 따뜻해요. 고마워요."
뜨개방에 있던 다른 사람들도 모두 감탄했다.

"정말 잘 어울리세요!"
"색깔이 너무 예뻐요!"
"영숙 할머니 솜씨가 정말 좋으셔요!"
방부 할아버지는 목도리를 만지작거리며 말했다.
"이렇게 정성스럽게 만든 선물 받아본 지 정말 오래됐어요."
"별거 아닌데 뭘..."
"별거 아니긴요. 이런 게 제일 소중한 거예요."
진심으로 말했다. 돈으로 살 수 있는 선물은 많지만, 이렇게 시간과 정성을 들여서 직접 만든 선물은 드물었다.
"저도 할머니 드릴 거 있어요."
방부 할아버지도 자신이 뜨고 있던 남색 목도리를 꺼냈다. 아직 완성되지는 않았지만 거의 다 완성되어가고 있었다.
"제 거도 곧 완성될 거예요."
"정말요?"
"네. 할머니 드리려고 뜨는 거예요."
영숙 할머니는 진심으로 기뻤다. 서로를 위해 목도리를 뜨다니, 이보다 로맨틱한 일이 또 있을까.

그날 저녁, 두 사람은 핑크빛 목도리를 두르고 함께 바닷가를 걸었다. 석양이 바다를 붉게 물들이고 있었다.
"방부님, 목도리 따뜻해요?"
"네, 정말 따뜻해요. 목도 안 아프고요."
"다행이에요."
두 사람은 천천히 걸었다. 방부 할아버지가 핑크빛 목도리를 두른 모습이 영숙에게는 세상에서 제일 멋져 보였다.
"영숙 할머니."
"네?"

"고마워요."
"뭐가요?"
"이렇게 따뜻하게 해줘서요."
방부 할아버지의 말은 목도리만을 두고 하는 말이 아니었다. 외로웠던 자신에게 따뜻함을 준 것에 대한 감사였다.
"저도 고마워요."
"제가 뭘 해드린게 있어야 말이죠"
"함께 있어줘서요. 혼자 있을 때보다 훨씬 따뜻해요."
두 사람은 서로를 바라보며 미소지었다.
"영숙 할머니, 우리 정식으로 사귈까요?"
방부 할아버지가 갑자기 말했다.
영숙은 깜짝 놀랐다.
"사귀다니..."
"이상해요? 이 나이에?"
"이상하지 않아요. 그런데..."
"그런데요?"
"부끄러워요."
영숙의 솔직한 대답에 방부 할아버지는 웃었다.
"저도 부끄러워요. 하지만 솔직하게 말하면, 할머니를 좋아해요."
"저도... 저도 방부님을 좋아해요."
두 사람은 손을 잡았다. 주름진 손이지만 따뜻했다.

다음 날 뜨개방에서 영숙 할머니와 방부 할아버지가 손을 잡고 들어오자 모든 사람들이 박수를 쳤다.
"축하해요!"
"드디어 사귀시는 거예요?"
"정말 잘 어울리세요!"

영숙은 얼굴이 빨개져서 어쩔 줄 몰랐지만, 마음은 기뻤다.
"할머니, 정말 축하해요." 예진이 와서 안아주었다.
"고마워, 예진아."
"이제 혼자가 아니시네요."
"아니에요. 저는 전부터 혼자가 아니었어요."
"무슨 뜻이에요?"
"여기 있는 사람들, 너희들이 있으니까 혼자가 아니었어요. 방부님이 있어서 혼자가 아닌 게 아니라, 좋은 사람들과 함께 있어서 외롭지 않은 거예요."
영숙의 말에 모든 사람들이 감동했다.
"그리고 무엇보다, 제가 저 자신과 편안하게 지낼 수 있게 됐으니까 혼자여도 외롭지 않아요."

일주일 후, 방부 할아버지의 남색 목도리도 완성되었다. 영숙 할머니만큼 숙련되지는 않았지만, 정성만큼은 뒤지지 않았다.
"영숙 할머니, 제 것도 완성됐어요."
방부 할아버지는 조심스럽게 남색 목도리를 영숙에게 내밀었다.
"와, 정말 잘 하셨네요!"
영숙 할머니는 목도리를 받아들며 감탄했다. 메리야스뜨기가 조금 고르지 않은 부분도 있었지만, 그것조차 정성스러워 보였다.
"처음 치고는 정말 잘 하셨어요."
"할머니처럼 예쁘게는 못 떴지만..."
"아니에요, 충분히 예뻐요. 따뜻하고요."
영숙 할머니는 바로 목도리를 둘러봤다. 방부 할아버지가 직접 떠준 목도리라고 생각하니 더욱 따뜻하게 느껴졌다.
"어때요?"
"완벽해요. 정말 고마워요."

"이제 우리 둘 다 서로가 떠준 목도리가 있네요."
"네. 특별한 목도리예요."
두 사람은 서로가 떠준 목도리를 두르고 뜨개방에 앉았다. 핑크색과 남색이 묘하게 잘 어울렸다.

영숙 할머니와 방부 할아버지가 사귄다는 소식은 금세 동네에 퍼졌다. 동네 사람들은 대부분 반가워했다.
"아이고, 영숙씨! 방부님이랑 사귄다며? 정말 잘됐다!"
"방부님이 워낙 좋은 분이잖아. 할머니랑 잘 어울려!"
"이 나이에도 사랑이 있구나. 보기 좋아!"

대부분의 반응은 긍정적이었지만, 몇몇 사람들은 곱지 않은 시선을 보내기도 했다.
"이 나이에 무슨 연애를 해..."
"넘사스럽게, 뭐하는 짓이야.."
"자식들이 뭐라고 할까..."
하지만 영숙 할머니와 방부 할아버지는 신경 쓰지 않았다. 자신들의 행복이 더 소중했다.
"영숙 할머니, 사람들이 뭐라고 해도 신경 쓰지 말아요."
"네, 우리가 행복하면 되는 거죠."
영숙은 며칠 고민하다가 며느리 수진이에게 전화를 걸었다.
"수진아."
"네, 어머니."
"내가... 할 이야기가 있어."
"네. 말씀하세요. 뭐 필요한거 있으세요? 저희 주말에 찾아뵈려고 했어요."
"아니야. 필요한게 아니라.."

영숙은 한 숨을 크게 쉬고 말했다.
"내가... 좋아하는 분이 생겼어."
전화 너머로 수진의 놀라는 소리가 들렸다.
"네? 어머니가요?"
"응. 이사 와서 많이 도와주신 분이야. 방부님이라고 하셔."
"아... 그 분이요."
수진은 잠시 말이 없었다가 물었다.
"어머니, 축하드려요. 오래동안 외로우셨는데 너무 잘되었어요. "
"고맙다."
"근데, 어머니... 혹시 동네사람들이나, 형님이나 애아빠가 반대하면 제가 가서 싸울 테니까 걱정하지 마세요. 아셨죠?"
영숙은 며느리의 걱정과 응원에 고마움을 느꼈다.
용기를 내서 자신의 마음도 설명하고 싶었다.
"수진아, 엄마도 사람이더라. 외롭고 쓸쓸할 때가 있어. 근데 지금은 방부님 덕분에 괜찮아. 그리고 너희 아버지에 대한 마음이 변한 건 아니야. 그분은 그분대로 소중한 추억으로 남아 있어. 하지만 지금은 지금이잖아."
수진은 한참을 생각하다가 말했다.
"그럼요. 어머니가 행복하시다면... 저도 기뻐요."
"정말?"
"네. 어머니 혼자 계시는 게 늘 걱정이었거든요. 더욱이 시력도 안 좋으신데..."
영숙 할머니는 안도의 한숨을 쉬었다.

사귀기 시작한 후 두 사람의 일상은 더욱 풍성해졌다. 아침에 일어나면 서로 안부 전화를 하고, 뜨개방에서 함께 시간을 보내고, 저녁에는 바닷가를 산책했다.

하지만 각자의 집에서 각자의 생활을 유지했다. 이것이 두 사람만의 방식이었다.
"방부님, 우리 함께 살까요?"
어느 날 영숙 할머니가 농담처럼 물었다.
"결혼요?"
"네. 어때요?"
방부 할아버지는 잠시 생각하다가 말했다.
"영숙 할머니, 저는 지금이 좋아요."
"지금이요?"
"네. 서로 좋아하지만 각자 자기 집에서 자기 생활하고, 만나고 싶을 때 만나고... 이런 관계가 편해요."
영숙 할머니도 고개를 끄덕였다.
"사실, 저도 그래요. 굳이 결혼이라는 형식에 얽매일 필요는 없죠."
"우리는 우리만의 방식으로 사랑하는 거예요."

영숙 할머니와 방부 할아버지의 사랑 이야기는 뜨개방에 새로운 활력을 불어넣었다. 나이 든 사람들도 사랑할 수 있다는 것을 보여주었기 때문이다.
"저도 언젠가 영숙 할머니처럼 될 수 있을까요?"
새로 온 60대 여성 수강생이 물었다.
"물론이죠. 나이는 숫자일 뿐이에요."
"하지만 이 나이에 누가 저를..."
"사랑은 찾는 게 아니라 오는 거예요." 영숙 할머니가 조심스럽게 말했다.
"저도 짝을 찾으려고 한 게 아니에요. 그냥 자연스럽게 만나게 된 거죠."

"그럼 어떻게 해야 해요?"
"일단 자신을 사랑하세요. 혼자 있는 시간을 즐기시고, 자신만의 취미를 가지세요. 그러면 자연스럽게 매력적인 사람이 되실 거예요."

가을이 깊어가면서 영숙과 방부는 새로운 작품에 도전했다. 이번에는 커플 스웨터를 뜨기로 했다.
"우리가 입을 거예요?"
"네. 어때요?"
"좋아요. 하지만 색깔은 너무 튀지 않게 해요."
"그럼 회색 계열로 할까요?"
두 사람은 연한 회색 털실을 골랐다. 같은 패턴, 같은 색깔로 스웨터를 뜨기로 했다.
"이거 완성되면 진짜 커플룩이네요."
"부끄럽긴 하지만... 한 번쯤은 해봐도 되지 않을까요?"
두 사람은 스웨터를 뜨면서 미래를 이야기했다.
"우리 나중에 어떻게 될까요?"
"어떻게 되긴요. 계속 이렇게 함께 늙어가는 거죠."
"건강해야 할 텐데요."
"그러게요. 서로 건강 관리 잘 해야죠."
"네. 방부님도 건강관리 잘 하셔야 해요."
"알았어요. 저도 그럴게요. 혼자 살 때도 괜찮았는데, 함께 있으니까 더 좋네요."
"하지만 혼자 있을 때도 행복했잖아요."
"맞아요. 그게 중요한 것 같아요. 혼자 있어도 행복한 사람이 함께 있을 때 더 행복한 것 같아요."
두 사람은 서로를 마주보며 고개를 끄덕였다.

"정말 그런 것 같아요. 의존하는 관계가 아니라 함께하는 관계요."
겨울이 깊어갈 무렵, 두 사람의 커플 스웨터가 완성되었다. 연한 회색에 같은 패턴으로 만들어진 스웨터는 단순하면서도 우아했다.
"와, 정말 똑같이 완성됐네요!"
"처음 해보는 건데도 잘 됐어요."
두 사람은 스웨터를 입고 거울 앞에 섰다. 정말로 잘 어울리는 커플이었다.
"뜨개방 사람들한테 보여줄까요?"
"좋아요. 다들 깜짝 놀랄 거예요."
뜨개방에 가서 커플 스웨터를 입고 나타나자 모든 사람들이 감탄했다.
"와! 정말 멋있어요!"
"커플룩이 이렇게 어울릴 수가!"
"직접 뜨신 거예요? 대단해요!"
모든 사람들의 칭찬에 영숙과 방부는 뿌듯했다.

몇 주가 지나면서 영숙과 방부는 뜨개방에서 새로운 작품을 계획했다.
"뭘 떠볼까요?"
"이번에는 뭔가 더 어려운 것에 도전해보죠."
"아란 스웨터는 어때요?"
"좋은 생각이에요. 복잡한 무늬지만 완성되면 정말 예쁠 거예요."
두 사람은 아란 스웨터에 도전하기로 했다. 복잡한 케이블 무늬가 들어간 전통적인 스웨터였다.
"이거 완성하려면 몇 주는 걸릴 거예요."

"괜찮아요. 우리한테는 시간이 많잖아요."
"그리고 함께 하니까 더 재미있을 거예요."
따뜻해진 날씨에 영숙의 마당에 꽃들이 피기 시작했다. 방부도 자주 와서 함께 정원을 돌봤다..
"영숙 할머니, 꽃들이 정말 예쁘게 폈네요."
"방부님이 도와주셔서 더 잘 자란 것 같아요."
"저도 이런 거 처음 해보는데 재미있어요."
두 사람은 함께 꽃에 물을 주고, 잡초를 뽑고, 새로운 꽃을 심었다. 혼자 할 때보다 훨씬 즐거웠다.
"방부님, 우리 동네에 공동 텃밭도 한번 만들어볼까요?"
"텃밭요?"
"네. 채소 키우는 거요. 어때요?"
"좋은 생각이에요. 직접 기른 채소로 요리해 먹으면 맛있을 거예요."

며칠 후 영숙의 손자들이 놀러 왔다. 이번에는 방부 할아버지도 함께 만났다.
"할머니, 이분이 할머니 남자친구세요?"
큰 손녀가 호기심 어린 눈으로 물었다.
"남자친구라니... 좋은 분이야."
"할머니도 연애하시는 거 맞죠?"
손자들은 할머니의 연애를 신기해했지만 반대하지는 않았다.
"할머니 행복해 보여요."
"정말?"
"네. 예전보다 훨씬 밝아지셨어요."
방부도 손자들과 잘 어울렸다. 바다에서 일한 경험 덕분에 아이들과 이야기하는 것이 자연스러웠다.

"방부 할아버지, 할머니 잘 부탁드려요."
손자들의 말에 방부는 웃으며 답했다.
"할머니가 더 저를 잘 챙겨주십니다."
몇 주가 더 지나서야 아란 스웨터가 완성되었다. 복잡한 케이블 무늬가 아름답게 새겨진 스웨터는 정말 작품이었다.
"와, 정말 대단해요!"
뜨개방 사람들이 모두 감탄했다.
"이런 복잡한 무늬를 어떻게 떠내셨어요?"
"시간이 오래 걸렸지만 보람이 있네요."
영숙과 방부는 아란 스웨터를 입고 기념사진을 찍었다. 몇 주 동안의 노력이 담긴 소중한 작품이었다.
"방부님, 우리 정말 많이 늘었네요."
"그러게요. 처음에는 메리야스뜨기도 어려워했는데."
"이제는 뭐든 도전할 수 있을 것 같아요."

사귄 지 몇 달이 지나면서, 더욱 자연스러운 커플이 되어있었다. 동네 사람들도 이제는 두 사람을 당연하게 여겼다.
"영숙 할머니, 우리 정말 잘 어울리는 것 같아요."
"저도 그래요. 이렇게 편안한 관계가 있는 줄 몰랐어요."
"젊을 때와는 완전히 다르죠?"
"네. 그때는 뭔가 증명해야 할 것들이 많았는데, 지금은 그냥 편안해요."
두 사람은 각자의 집에서 각자의 생활을 유지하면서도 마음은 더욱 가까워져 있었다.

그리고 뜨개방의 명물이 되었다. 새로 오는 사람들은 모두 두 사람의 이야기를 듣고 싶어했다.

"어떻게 이렇게 좋은 관계를 유지하세요?"
"비결이 뭐예요?"
사람들이 물으면 영숙은 항상 같은 대답을 했다.
"먼저 혼자 있을 때 행복해야 해요. 그래야 함께 있을 때도 진짜 행복할 수 있어요."
"무슨 뜻이에요?"
"상대방에게 의존하는 게 아니라 함께 하는 거예요. 서로가 서로에게 짐이 되지 않으면서도 힘이 되어주는 관계요."
방부 할아버지가 덧붙였다.
"그리고 나이는 정말 중요하지 않아요. 마음이 젊으면 몇 살이든 사랑할 수 있어요."
두 사람은 여전히 바닷가 뜨개방에서 함께 시간을 보낸다. 처음 만든 핑크빛 목도리와 남색 목도리는 이제 추억이 되었지만, 여전히 소중하게 간직하고 있다.

뜨개질을 하면서 두 사람이 깨달은 것은, 사랑도 뜨개질과 같다는 것이었다. 한 코, 한 코 정성스럽게 떠나가면서 조금씩 완성되는 것. 급하게 서둘러서는 안 되고, 꾸준히 인내심을 가지고 해야 하는 것.
메리야스뜨기처럼 단순하고 반복적이지만, 그 안에 깊은 의미와 따뜻함이 담겨있는 것.
"방부님, 우리 이렇게 단순하게 살아가요."
"그래요. 그러죠."
바다가 보이는 뜨개방에서, 핑크빛 목도리로 시작된 두 사람의 사랑 이야기는 오늘도 한 코 한 코 이어져 나간다.

6부 - 따뜻함을 품은 회색 스웨터

바닷바람이 살랑살랑 불어오는 오후였다.
바닷가 뜨개방 안에서는 오늘도 변함없는 일상이 흘러가고 있었다. 뜨개질 바늘이 만들어내는 규칙적인 소리와 실이 엮어지는 부드러운 마찰음만이 정적을 깨뜨렸다.
윤슬은 창가에 앉아 바다를 바라보며 손을 움직였다. 그녀의 손끝에서는 연한 하늘색 실이 아름다운 패턴을 만들어가고 있었다. 대구에서의 바쁜 생활을 정리하고 이곳 바닷가 마을에 정착한 지 벌써 1년이 지나가고 있었다.
"언니, 이 부분이 좀 이상한 것 같은데 어떻게 생각해요?"
삼남매의 엄마 지현이 자신의 작업물을 들어 보였다. 지현은 아이들을 키우면서도 틈틈이 뜨개질을 배우러 이곳을 찾았다. 처음에는 서툴렀지만 이제는 제법 복잡한 패턴도 소화해낼 수 있게 되었다.

"아, 여기서 코를 하나 놓쳤네요. 이렇게 다시 해보세요." 윤슬이 친근한 미소를 지으며 지현의 작업을 도와주었다.
뜨개방은 윤슬이 남편 조강직과 함께 꾸민 작은 공간이었다. 바다가 보이는 큰 창문과 따뜻한 원목 테이블, 그리고 벽면을 가득 채운 형형색색의 실들이 아늑한 분위기를 만들어냈다. 이곳에서 윤슬은 뜨개질을 가르치고, 마을 사람들은 일상의 수다를 나누며 각자의 작업에 몰두했다.
오후 햇살이 창문을 통해 들어와 실들을 반짝이게 만들었다. 지현은 다시 집중해서 뜨개질을 시작했고, 윤슬은 새로운 패턴을 구상하며 스케치북에 그림을 그려나갔다.
"그런데 오늘따라 더 조용한 것 같네요." 지현이 중얼거렸다.
"맞아요. 보통 이 시간이면 할머니들도 몇 분 계시는데..." 윤슬이 벽시계를 바라보았다. 오후 세 시. 평소라면 마을의 어르신들이 하나둘 찾아와 함께 뜨개질을 하며 이런저런 이야기꽃을 피우는 시간이었다.
두 사람은 다시 각자의 작업에 몰두했다. 창밖으로는 바다가 평온하게 펼쳐져 있었고, 멀리 어선 몇 척이 점처럼 보였다. 갈매기들이 바람을 타고 자유롭게 날아다니는 모습이 평화로웠다.
그런데 그때였다.

"덜그덕, 덜그덕..."
멀리서 들려오는 낯선 소리에 두 사람은 동시에 고개를 들었다. 이 조용한 마을에서는 좀처럼 들을 수 없는 소리였다. 뜨개방이 위치한 곳은 마을에서도 가장 외진 곳이라 평소에는 차량의 소음조차 거의 들리지 않았다.
"저게 뭐죠?" 지현이 바늘을 멈추고 창밖을 내다보았다.
소리가 점점 가까워지고 있었다. 윤슬도 작업을 멈추고 귀를 기울였다. 분명 차 소리였지만 일반적인 승용차의 엔진음과는 다른, 좀 더 둔탁하고 무거운 소리였다.
"캠핑카 같은데요?" 윤슬이 의아한 표정을 지었다.
"캠핑카? 이 시골 바닷가에?"
지현의 말이 맞았다. 이 작은 어촌 마을은 관광지라고 하기에는 너무 소박했고, 캠핑장이나 특별한 볼거리가 있는 것도 아니었다. 그저 조용하고 평화로운 일상이 흘러가는 곳이었다. 그런 곳에 캠핑카라니.
두 사람은 호기심에 창문 가까이 다가가 밖을 내다보았다. 과연 해안도로를 따라 흰색 캠핑카 한 대가 천천히 다가오고 있었다. 차는 마치 목적지를 찾고 있는 듯 느린 속도로 움직이고 있었다.
"어디로 가는 걸까요?" 지현이 궁금해했다.
"글쎄요. 이쪽에는 우리 뜨개방이랑 옆에 빈 터밖에 없는데..."

윤슬의 말이 채 끝나기도 전에, 캠핑카는 점점 더 가까워졌다. 그리고 놀랍게도 뜨개방 바로 앞에서 멈춰 섰다.
"어머, 여기로 오는 거였네요!" 지현이 놀라며 말했다.
두 사람은 더욱 호기심에 가득 차서 창문에 바짝 붙어 섰다. 캠핑카의 엔진이 꺼지고 잠시 정적이 흘렀다. 누가 탈까? 왜 이곳을 찾은 걸까? 궁금증이 꼬리에 꼬리를 물고 이어졌다.
바로 그때, 뜨개방의 문이 열리며 익숙한 목소리가 들렸다.
"뜨개방아, 새댁, 이거 먹고해"
문을 열고 들어온 것은 마을에서 가장 정정하신 순자 할머니였다. 올해 일흔셋이지만 여전히 허리가 꼿꼿하고 걸음걸이도 경쾌했다. 할머니의 손에는 노란 옥수수 여러 개가 들려 있었다.
"어머, 할머니! 어디서 이런 좋은 옥수수를 구하셨어요?" 윤슬이 반갑게 맞이했다.

"아, 이거 말이야? 교장이 폐교된 소학교 운동장에서 옥수수 키우잖아. 아침에 막 땄다고 주길래 바로 쪄왔지."
순자 할머니는 옥수수를 테이블 위에 조심스럽게 내려놓으며 말했다. 알이 꽉 차고 윤기가 나는 옥수수들이 뜨개방 안에 은은한 단내를 퍼뜨렸다.
"교장 선생님 요즘 왜 이렇게 뜸하세요?" 지현이 궁금해했다.
"응, 아들하고 화해시켜놨더니 손주 보러간다고 정신없더라. 며느리가 옥수수 좋아한다고,
학교 운동장이 놀고 있으니까 허가받아서 농사짓는다고 바빠. 나도 보기 힘들어."
순자 할머니는 평소처럼 자신의 자리에 앉으며 오늘의 뜨개질 작업을 준비했다. 그런데 창밖의 캠핑카를 보더니 의아한 표정을 지었다.
"어머, 저게 뭐야? 우리 앞에 저런 큰 차가 서 있네?"
"저희도 방금 봤는데, 캠핑카 같아요." 윤슬이 설명했다.
"캠핑카? 이런 데까지 와서?" 할머니도 신기해했다.
세 사람은 모두 창밖의 캠핑카를 바라보았다. 차문이 열릴 기미는 보이지 않았고, 조용한 정적만이 흘렀다. 마치 차 안에서 무언가를 결정하고 있는 것 같았다.
"누가 탔을까요?" 지현이 작은 목소리로 물었다.
"글쎄, 길을 잘못 든 건 아닐까?" 순자 할머니가 추측했다.
"아니면 우리 뜨개방을 찾아온 걸까요?" 윤슬이 기대 섞인 목소리로 말했다.

실제로 가끔은 소문을 듣고 먼 곳에서 뜨개질을 배우러 오는 사람들이 있었다. 하지만 대부분은 미리 연락을 하고 왔기 때문에 이렇게 갑작스럽게 나타나는 경우는 드물었다.

세 사람의 시선이 모두 캠핑카에 고정된 채 시간이 흘렀다. 그런데 마침내 운전석 문이 천천히 열리기 시작했다.

운전석에서 내린 사람을 본 순간, 윤슬의 눈이 휘둥그레졌다.
"아제잖아!"
그녀가 외치며 자리에서 벌떡 일어났다. 창문 너머로 보이는 사람은 다름 아닌 윤슬의 오랜 친구 아제였다. 큰 키와 넉넉한 체구에 항상 활기찬 표정을 짓는 아제의 모습은 여전했다.
"아제라고요? 윤슬 언니가 자주 말씀하시던 그 분이요?" 지현이 놀라며 물었다.
"응. 제가 대구에 있을 때부터 알고 지낸 친구야."
윤슬은 급하게 뜨개질 바늘을 내려놓고 밖으로 나갈 준비를 했다. 아제는 평소 행동력이 남달라서 가끔 이렇게 예고 없이 나타나곤 했지만, 이번에는 정말 예상치 못한 방문이었다.
"이번에도 어디 강의가 있어서 내려왔나?"
윤슬이 중얼거리며 문을 열려던 순간, 캠핑카의 조수석 문이 덜컥 열렸다. 아제보다 덩치가 더 큰 남자가 함께 내렸다.
"어머, 어머!"
윤슬이 소리를 지르며 밖으로 뛰어나갔다. 지현과 순자 할머니도 호기심에 가득 차서 창가에서 상황을 지켜보았다.
"웅이씨까지 어쩐 일이야?"
윤슬이 반갑게 외치며 두 사람을 맞이했다. 조수석에서 내린 사람은 아제의 남편 김웅이었다. 키가 크고 건장한 체격의 김웅은 평소 과묵한 성격이라 아제와는 정반대의 성향을 가진 사람이었다.
"윤슬아!" 아제가 반갑게 달려와 윤슬을 안았다. "보고 싶었어!"
"나도! 그런데 웅이씨까지 함께 오시다니. 무슨 일이야?"

김웅도 쑥스러운 미소를 지으며 윤슬에게 인사했다. "안녕하세요, 윤슬 씨. 오랜만이네요."
"정말 오랜만이에요! 대구에서 본 게 마지막이었나?"
"네, 맞아요. 그때 이후로는..."
아제가 김웅의 말을 가로막으며 활기차게 말했다. "야, 여기서 이야기하지 말고 안으로 들어가자. 할 말이 산더미야!"
"그래, 그래. 들어와요. 순자 할머니도 계시고 지현이도 있어."
윤슬이 두 사람을 뜨개방 안으로 안내했다. 뜨개방 문이 열리자 따뜻한 실내 공기와 함께 색색의 실들이 만들어내는 아름다운 풍경이 두 사람을 맞이했다.
"와, 정말 예쁘네요. 사진으로만 봤는데 실제로 보니까 더 멋있네요." 김웅이 감탄하며 둘러보았다.
"책선생 오랜만이야." 안면이 있던 순자 할머니가 자리에서 일어나 반겨주었다.
"할머니도 건강하셨지요? 저 할머니 보고싶어서 내려왔잖아요." 아제가 너스레를 떨며 밝게 대답했다.
김웅도 조용히 고개를 숙여 인사했고, 지현 역시 반갑게 두 사람을 맞이했다.

세 사람을 위해 순자 할머니와 지현은 일찍 자리를 비워주었다.
"이거 교장이 키운 옥수수야. 먹어가면서 얘기들 나눠요. 새댁 우리는 애들 데리고 점방가서 뜨던거 마져 뜨자고."
"좋아요. 할머니. 언니 저 오늘은 그만 갈게요. 아제 언니도 다음에 또 봬요."
싹싹한 지현은 벌써 아제를 언니라고 부르며 살갑게 굴었다.
"아이고, 제가 두 분 쉬러 오셨는데 내쫓는거 아닌가 몰라요."
"아니예요.. 저도 애들 올 때 되어서 가야했어요."

"윤슬 언니, 다음 수업에 올게요."
"응. 미안. 순자할머니 죄송해요. 조심히 가세요."

세 사람만 남아서 조용해진 뜨개방 안에 윤슬이 준비한 감로차 향이 은은하게 퍼졌다.
그사이 아제의 안내로 뜨개방과 윤슬의 살림집까지 구경을 마친 김웅이 자리에 앉았다.
뜨개방 안의 분위기가 한결 활기차졌다. 아제는 여전히 에너지가 넘쳤고, 김웅은 조용하지만 따뜻한 미소를 지었다.
"그런데 정말 어쩐 일로 둘이 함께? 웅이씨는 회사 일이 바쁘시다고 하더니..."
"사실은 말이야..." 아제가 이야기를 시작했다.
"엄청난 일이 있었어."

윤슬이 차를 마시며 아제를 바라보며 다음 말을 기다렸다. 아제는 잠시 김웅을 바라보더니 그의 손을 꼭 잡았다.
"우리 분가했어."
"어? 뭐야, 이거 진짜 기쁜 소식인데, 축하해. 근데 어떻게? 어머니가 그렇게 하자고하셔?"
"어머니도 나도 서로에게 물리적인 거리가 필요하다는걸 알게 되었고, 마침 둘째 형님이 취직하셔서 애들 케어해줄 사람이 필요하다고 연락이 와서, 어머니가 수락하셨대. 그러면서, 내가 미워서가 아니라 조금은 자신도 거리를 두고 생각해 보고싶다고 하시더라고."
"어머!!! 어머님이 니가 솔직하게 말하니까 생각이 많으셨나보다."
"응, 어머니가 둘째 형님네로 들어가시면서 살던 집을 정리하겠다고 하셔서, 우리는 애 학교 근처에 작은 아파트 하나 사서 옮겼어. 사실 청도로 이사를 갈까 의논도 했는데...우리 남편의 진짜 꿈이 농사가 아니라는 걸 알게 됐어."
"어?" 윤슬이 의외라는 표정을 지었다.
"그럼 뭔데? 너희 청도에 복숭아밭도 구입한 거 아니야?"
"캠핑카를 타고 전국일주를 하는 거였어. 젊을 때부터의 꿈이었다는데, 나한테는 노후 걱정에 농사 이야기만 하고 있었던 거야."
윤슬이 흥미롭다는 표정으로 두 사람을 바라보았다. "그래서?"
아제가 웃으며 계속 이야기했다.
"그래서 뭐 그래서야, 당장 청도의 복숭아밭을 친구한테 팔아버렸지!"
"뭐라고?" 윤슬이 놀라서 외쳤다.
"진짜 팔았어. 그 돈으로 이 캠핑카 샀지. 그리고 무작정 남편 연차내라고하고 대구에서 부산으로, 해남 땅끝마을로, 목포로 변산반도로 해서 대천해수욕장에서 원산도라는 섬에 다리가 생겼길래 가봤다가 서울가서 친구들 만나서 이런저런 얘기하고 강원도 온 김에 보고싶어서 너 있는 곳으로 달려온 거야."
"잘했네, 잘했어. 웅이씨 꿈 이룬거 축하해요."
"허허. 네, 제가 와이프 잘 둔 덕이죠,"
"그건 사실이지!"

아제의 여행 이야기는 상상을 초월했다. 운전이 서툴러서 실수한 일, 주차할 곳이 없어서 남의 앞마당을 빌려야했던 일, 캠핑카를 주차할 수 있다고해서 간 캠핑장은 입구가 좁아서 들어갈수 없었던 일등등..
귀기울려 듣던 윤슬이 걱정스러운 표정으로 김웅에게 물었다. "

그럼 노후 대책은 어떻게 하실 생각이에요?"
아제가 어깨를 으쓱하며 대답했다. "모르겠어. 정말로. 당장은 이 양반이 회사 다니고 있으니까 괜찮을 거야. 하지만 그보다 중요한 건..."
아제가 김웅의 손을 더욱 꼭 잡으며 말을 이었다.
"가족들 때문에 자기 꿈을 접는 걸 더 이상 볼 수 없었어. 이 사람이 캠핑카 잡지를 들여다보고 있었는데, 나만 모르는 척하고 있었던 거지."
김웅이 쑥스러워하며 고개를 숙였다. "당신이 내가 청도에서 친구랑 같이 복숭아농장에 투자해볼까 했을 때 나서서 많이 지원해줬는데, 내가 갑자기 캠핑카 이야기를 꺼낼 수가 없었어."
"바보 같은 소리. 부부가 뭔데 그런 걸 숨겨?" 아제가 김웅의 어깨를 툭 쳤다.
윤슬이 감동한 표정으로 말했다. "참 대단하네요. 나이 들어서 그런 결단을 내리기가 쉽지 않은데."
윤슬은 친구의 이야기를 들으며 감동받았다. 아제다운 결정이었다. 아제는 항상 과감했고, 후회보다는 도전을 선택하는 사람이었다.
"그럼 이제 어떻게 할 생각이야?" 윤슬이 물었다.
아제의 눈이 반짝였다. "사실 그것도 생각해뒀어. 우선 이곳저곳 돌아다니면서 전국일주를 해볼 생각이야. 그거알지? 국토대장정. 우리 스무살 때 박카스에서 대학생들 대상으로 국토대장정을 했는데, 나는 그때 대학생이 아니라 못했잖아. 사실 나도 그게 그렇게 해보고 싶더라."

아제는 집안형편 때문에 인문계가 아닌 상업고를 진학했다. 스무살의 나이에 대학 캠퍼스가 아닌 출퇴근 버스를 향해 달려야했다. 그래서 항상 '꿈'에 집착했는지도 모른다.
아제는 항상 윤슬에서 "넌 꿈이 뭐야?"를 묻곤했다.
"딸아이가 대학 들어가면 그 집은 애 앞으로 돌리고, 우리 둘은 어디 조용한 시골에 가서 정착할까?"
"그것도 좋지."
아제의 질문에 김웅은 웃으며 고개를 끄덕인다.
"너희는 어때? 여기서 잘 지내고 있어?"
"응, 생각보다 훨씬 좋아. 처음에는 걱정도 됐는데 지금은 이곳이 천국 같아."
"강직씨는 어때? 아직도 매주 올라가고 있어?"
윤슬이 고개를 끄덕였다. "응. 근데 요즘은 아예 여기서 뭔가 해보려고 하는 것 같아. 매주 강원도 오는 게 힘들긴 한가 봐."
그때 김웅이 조용히 입을 열었다.
"혹시 이 근처에 작은 카페 같은 거 하나 차릴 만한 곳이 있을까요?"
"카페요?" 윤슬이 관심을 보였다.
"네. 사실 제가 커피에 관심이 좀 있어서...와이프가 커피를 좋아하니까 저도 한잔두잔 마셨는데 이제는 제가 더 찾게 되더라구요. 캠핑카로 돌아다니면서 각 지역의 특색을 살린 카페를 돌아보고 벤치마킹해서 운영해보고 싶다는 생각이 들어서요."
아제가 신이 나서 말을 이었다. "그래! 그것도 좋은 아이디어야. 우리가 한 곳에 정착하게 되면 그런 것도 해볼 수 있을 거야."
윤슬은 동네 마당발인 방부 할아버지께 부탁드려야겠다고 생각했다.
아제의 여행이 끝나면 정착해서 이곳에서 함께 살고 싶었다.

다음날 아침. 윤슬의 애길들은 순자 할머니가 턱을 괴며 생각해

보더니 말했다.
"여기서 조금만 걸어가면 빈 터가 하나 있어. 예전에 살던 사람이 죽고 지금은 비어있거든. 전망도 좋고 위치도 나쁘지 않아."
"정말이에요?" 김웅의 눈이 반짝였다.
"응. 한번 가서 보실라우? 나중에 시간 될 때."
"그럼 우선 여기서 며칠 지내보는 건 어때?" 윤슬이 제안했다.
"캠핑카도 있으니까 숙박은 해결되고, 이 동네 분위기도 좀 느껴보고."
아제와 김웅이 서로를 바라보더니 고개를 끄덕였다.
"좋은 생각이야. 어차피 급할 것도 없고, 천천히 결정해도 되니까." 아제가 말했다.
이렇게 해서 예상치 못한 방문객들이 며칠간 머물게 되었다. 뜨개방 앞에 주차된 캠핑카는 이제 이 평화로운 풍경의 일부가 되어 있었다.

그날 저녁, 다섯 사람은 뜨개방에서 간단한 저녁식사를 함께했다. 순자 할머니가 가져온 옥수수를 삶아서 나누어 먹었고, 윤슬이 준비한 해물파전과 막걸리도 함께 즐겼다.
"정말 맛있다. 역시 바닷가 음식은 달라." 아제가 해물파전을 한 입 베어물며 감탄했다.
"대구에서는 이런 맛을 느끼기 어려워요." 김웅도 만족스러워했다.

순자 할머니가 옥수수를 까먹으며 말했다. "이런 게 진짜 행복이지. 복잡한 게 뭐가 필요해?"
창밖으로는 해가 지고 있었다. 바다 위로 붉은 석양이 내리앉으며 환상적인 풍경을 만들어냈다. 다섯 사람은 모두 그 아름다운 광경에 마음을 빼앗겼다.
"이런 걸 매일 볼 수 있다니 정말 부러워." 아제가 중얼거렸다.
"처음에는 감동했는데 이제는 너무 당연해져서..." 윤슬이 웃으며 말했다.
"그래도 좋은 거야. 이런 일상이 축복인 걸."
시간이 흘러 어둠이 내리자, 아제와 김웅은 캠핑카로 돌아갔다. 순자 할머니는 마을로, 지현은 집으로 돌아가고, 윤슬은 뜨개방을 정리했다.

며칠 후, 아제와 김웅은 정말로 순자 할머니가 말한 빈 터를 보러 갔다.
방부 할아버지가 오셔서 안내해주며 동네의 역사를 이야기해주었다.
담벼락이 없는 집은 뒷집 아들이 초보운전으로 들이박았는데 추억이라며 그대로 보존중이고,
동네 숲길에 숨어있는 열녀비는 조선시대 양반가의 며느리가 목메달아 죽어서 받았는데,
알고보니 그 며느리가 다른 마을에서 종놈과 살고 있더라는 이야기까지 가는 길마다 이야기가 넘쳐났다.

도착한 곳은 바다가 보이는 작은 언덕 위의 터는 정말 카페를 하기에 완벽한 장소였다.
"여기다!" 아제가 흥분하며 외쳤다.
"전망이 정말 좋네요." 김웅도 만족해했다.
그날부터 두 사람의 새로운 계획이 구체적으로 세워지기 시작했다.

방부 할아버지에게 들은 이곳의 이야기와 동네의 풍경에 흠뻑 빠진 김웅이 아제에게 더 여행하지말고 바로 여기로 결정하겠다고 선언했다.
"정말? 여기?"
"응. 나 사실 말 못했는데 일이 너무 힘들더라. 그래서 사표를 낼까해. 애 학교 졸업할 때까지 는 다녀야겠지만 얼마 안 남았으니까. 근데 몸이 예전 같지않아."
순간 아제의 눈에 눈물이 그렁거렸다. 왜 남편이 힘든걸 몰라줬을까? 지금까지 한 직장을 그것도 무거운 짐을 들어내리느라 무릎이며 허리며 안 아픈 곳이 없었을텐데.
"미안해. 내가 너무 무심했어."
"아냐, 무심하긴 내가 당신한테 미안해."
아제가 흐르는 눈물을 소매로 슥 닦으며 말했다.
"당장은 힘들더라도 우리도 윤슬이네처럼 몇 년이 왔다 갔다 하면서 준비해보자!"

한편, 대구에서 일하던 윤슬의 남편 조강직도 변화를 결심했다. 매주 강원도를 오가는 것이 점점 힘들어졌고, 아내가 이곳에서 행복해하는 모습을 보니 자신도 완전히 이곳으로 옮겨오고 싶었다.
"여보, 나도 아예 여기로 올까?." 어느 주말, 강직이 윤슬에게 조심스럽게 말을 꺼냈다.
"정말? 회사는?"
"회사에 지방 근무나 원격근무 이야기해볼 생각이야. 안 되면 그냥 그만두고 여기서 뭔가 새로운 일을 시작해도 되고."
윤슬의 얼굴이 환하게 밝아졌다. "정말 좋겠다! 아제랑 웅이씨도 여기 카페 차릴 생각 하고 있는데, 우리도 뭔가 함께 할 수 있을 거야."
"그런데 카페는 웅이 씨가 하신다고 했지? 나는 뭘 할까?"
"아, 맞다! 나 좋은 아이디어 있어."
윤슬이 신이 나서 말했다. "뜨개방 옆에 작은 낚시용품점을 차리면 어때? '뜨개방 옆 물고기' 이런 이름으로. "
"그거 좋은데?. 이건 어때? 우리 집말야. 나중에 우리 둘이 살기에도 약간 크잖아?"
지금 바닷가 뜨개방은 'ㄷ'자 형태로 보이지만, 사실은 세 집이 한 곳을 마당으로 두고 사용할 목적으로 만들어진 곳이였다. 자식들과 살기위해 각각의 집에 방과 화장실, 주방이 전부 있었기에 세를 주어도 좋을 것 같았다.
"우리가 가운데 있는 집 사용하고, 오른쪽에 있는 집을 웅이씨한테 임대하면 어떨까? 어차피 이곳에 와서 집을 구해야할 텐데 따로 돈 들일 필요도 없고, 그리고 한 곳은 좀 예쁘게 꾸며서 요즘 촌캉스 유행이잖아. 그 곳을 에어비앤비에 올리면 어떨까? 그 곳에 묵는 사람에게 내가 낚시배로 바다도 구경시키고 낚시도 가르쳐주고, 그리고 당신이 뜨개질도 알려주고, 당신은 뜨개질로 악세사리 같은거 만들어서 판매도 하면..."
아내의 반응이 없자 자신감이 떨어진 강직의 목소리가 점점 작아졌다.
"어때? 별루인가? 역시 그렇지? 내가 너무..."
"아냐! 무슨 소리야. 당신 아이디어 너무 좋다. 우리 그렇게 하자!"
"진짜? 진짜지?" 강직이 활짝 웃으며 크게 소리쳤다.
"집 문제는 아제한테 얘기 해봐야겠어. 안그래도 맘에 드는 집이 없는 눈치긴 했는데, 우리도 본격적으로 뜨개방과 연결된 아늑한 공간으로 만드는 거야. 이름하여 [실과 바늘 프로젝트]"

"뭐? 실...? 뭐?"
"아니 아제가 웅이씨한테 자기들은 곰 커플이라면서 뭘 하든지 [웅웅 작전]이라고 외치길래 한번 따라 해봤어!"
"하하하하. 좋네. [실과 바늘 프로젝트]. 도오전!"
두 사람은 점점 신이 나서 구체적인 계획을 세워나갔다. 강직은 정말로 회사에 지방 근무를 신청했고, 다행히 승인이 났다. 주 3일은 원격근무, 주 2일은 대구 출장 형태로 일할 수 있게 된 것이다.

몇 달을 대구와 강원도를 오가던 아제와 김웅은 정말로 그 언덕 위에 작은 카페를 열었다.
'바다가 보이는 카페'라는 단순한 이름이었지만, 경치 덕분에 입소문이 나면서 점점 더 많은 사람들이 찾아왔다.
강직도 주변 사람들의 도움으로 집 인테리어를 배우고 원하는 모습으로 공간을 만들어갔다..'뜨개방 옆 물고기'라는 간판을 달고 에어비앤비 등록도 했다.
어디서 구해오셨는지 순자 할머니가 촌스러운 꽃무늬 몸빼바지와 밀짚모자, 그리고 요즘은 구하기도 힘든 요강을 인테리어에 사용하라며 가져오셨다.

뜨개질과 낚시. 안 어울리는 컨셉같았는데 이 생소함이 20대들 사이에서 입소문이 났다.
윤슬이 만든 파도, 물고기, 조개등의 뜨개 악세사리는 인기가 많아 지현과 예진과 함께 수시로 작업을 해야했다. 강직의 배낚시는 숙박 예약을 못한 이들이 배를 타기위해 따로 예약을 할 정도였다. 바닷가 뜨개방은 뜨개질을 하며 휴식을 취할 수 있는 힐링의 장소로 바뀌어 가고 있었다.

가장 큰 변화는 주거 형태의 변화였다. 캠핑카에서 살던 아제와 김웅이 이곳에 정착할 생각으로 집을 알아봤지만 맘에 드는 곳을 찾지 못해 고민하고 있을 때, 윤슬과 강직이 해결책을 제시했다.
"우리 집이 오른쪽에 있는 집. 비어 있잖아. 그 집을 임대해 줄게."
"정말? 그럼 우리야 좋지. 임대료는 얼마야? 우리 수입없어, 알지? 무조건 싸게 부탁해." 아제가 장난스럽게 말했다.
"임대료는 무슨. 그냥 관리비 정도만 내. 어차피 비어있던 공간이잖아. 두 사람이 관리해준다고 생각할게. 건물이 커서 사실 우리 둘이서 관리하기가 좀 벅차더라고."
"그럼 저희도 같이 숙소 정리랑 잡초 뽑기등 건물 관리 함께 할께요." 윤슬의 집을 마음에 두고있던 김웅이 서둘러 대답했다.
"그래주면 너무 감사하지." 강직도 웃으면 대답했다.
이렇게 해서 아제와 김웅은 윤슬의 집 한쪽 건물에 정착하게 되었다. 두 가정이 한 마당을 공유하면서도 각자의 프라이버시는 지킬 수 있는 완벽한 구조였다.

몇 개월이 흘러 모든 것이 안정되었을 무렵, 작고 의미있는 사건이 발생했다.
그날도 평소처럼 뜨개방에서는 여러 사람들이 모여 각자의 작업을 하고 있었다.
순자 할머니가 평소보다 늦게 나타났다. 그런데 할머니의 표정이 어딘가 아쉬워 보였다.
"할머니, 무슨 일 있으세요?" 윤슬이 걱정스럽게 물었다.
"아이고, 내가 그렇게 정성스럽게 떠놨던 조끼 있잖아."
"네, 그 예쁜 패턴으로 떴던 회색 조끼요?"

"응, 그 조끼 말이야. 곰팡이가 폈어."
"어머!" 지현이 놀라며 말했다. "어떻게 그런 일이?"
순자 할머니가 한숨을 쉬며 설명했다. "내가 습한 곳에 뒀나 봐. 아무래도 옷장 깊숙한 곳에 보관했는데, 통풍이 잘 안 됐나 봐. 아침에 꺼내 보니까 군데군데 검은 점들이 생겼더라고."
할머니는 아쉬워하며 비닐봉지에서 조끼를 꺼내 보였다. 정말로 아름다운 케이블 패턴으로 짜여진 조끼였지만, 곳곳에 곰팡이 얼룩이 져 있었다.
"아, 정말 아깝다." 아제가 안타까워하며 말했다.
"그러게요. 할머니가 얼마나 정성껏 떠셨는데..." 강직도 아쉬워했다.
순자 할머니는 조끼를 자세히 살펴보며 말했다. "그런데 다행히 실은 아직 쓸 수 있을 것 같아. 곰팡이가 핀 부분만 피해서 다시 풀어보면 될 것 같은데."
"다시 풀어서 실을 사용하실 건가요?" 윤슬이 물었다.
"그래야지. 버릴 수는 없잖아. 이 실이 얼마나 좋은 건데."
할머니는 체념한 듯하면서도 의연한 표정을 지었다. 오랜 세월 살아오면서 이런 일들에 익숙해진 듯했다.

"같이 도와드릴게요, 할머니." 아제가 나서며 말했다. "이런 건 혼자 하면 너무 힘들어요."
"맞아요. 우리 모두 함께 해요." 지현도 동참했다.
"어머, 고마워요. 그런데 괜찮을까요? 여러분도 할 일이 있을 텐데..." 순자 할머니가 미안해했다.
"무슨 말씀이세요. 이런 게 진짜 이웃이고 친구인 거죠." 윤슬이 따뜻하게 말했다.
네 사람은 함께 조끼를 조심스럽게 풀어가기 시작했다. 한 땀 한 땀 정성스럽게 떠진 것을 다시 풀어내는 일은 쉽지 않았다. 하지만 함께하니 시간도 빨리 갔고, 대화도 끊이지 않았다.
"이 패턴은 정말 복잡해요. 할머니가 어떻게 이런 걸 다 외우세요?" 지현이 감탄하며 물었다.
"아이, 이런 건 몸이 기억하는 거야. 젊을 때는 다 만들어서 써왔으니까." 순자 할머니가 웃으며 대답했다.
"저는 이런 거 보면 정말 대단하다고 생각해요." 아제가 말했다. "요즘 사람들은 뭐든 빨리빨리 하려고 하는데, 이렇게 천천히 정성을 들이는 걸 보면 배울 점이 많아요."

실을 풀어가면서 곰팡이가 피지 않은 부분과 핀 부분을 구분했다. 다행히 대부분의 실은 재사용할 수 있을 것 같았다.
"이 실은 아직 쓸 수 있겠어요." 윤슬이 실을 만져보며 말했다.
"그럼 다시 예쁘게 떠보자. 이번엔 더 신경 써서 보관하고." 순자 할머니의 얼굴에 다시 미소가 떠올랐다.
"할머니, 이번에는 다른 패턴으로 해보시는 건 어때요?" 아제가 제안했다.
"그래도 좋겠네. 새로운 도전을 해보는 것도 재미있을 거야. 그런데 영감이 좋아했던 그 패턴은 꼭 한 번은 다시 떠보고 싶어. 그때 내가 이 실로 스웨터를 떠주겠다고 약속했거든."
할머니의 말에 모든 사람들이 숙연해졌다. 단순한 뜨개질이 아니라 사랑하는 사람에 대한 마음을 담은 작업이었던 것이다.
"할머니, 그럼 우리가 정말 정성껏 도와드릴게요." 윤슬이 할머니의 손을 잡으며 말했다.
함께 일하는 시간은 그 자체로 즐거웠다. 각자 다른 나이, 다른 배경을 가진 사람들이었지만 이런 작은 일을 함께하면서 더욱 가까워졌다.

시간이 흘러 모든 사람들이 각자의 자리를 찾아갔다. 강직은 이제 제법 능숙한 어부가 되어 매일 아침 [뜨개방 옆 물고기]를 예약한 손님들과 바다로 나갔다.
"오늘은 뭘 잡아왔어요?" 윤슬이 남편을 맞이하며 물었다.
"오늘은 운이 좋았어. 문어랑 고등어를 잡았어." 강직의 얼굴은 만족감으로 가득했다.
"오늘 저녁은 고급스럽게 문어랑 고등어회 파티네요!"
손님으로 온 예진과 해찬이 밝게 웃으며 말했다.
"바다에서 직접 잡은 생선이니 맛도 다를 거야." 강직이 자랑스럽게 말했다.
어부가 된 강직은 이전의 회사원 시절과는 완전히 다른 사람이 된 것 같았다. 바다 바람에 그을린 얼굴과 단단해진 손, 그리고 무엇보다 만족스러워하는 표정이 그의 변화를 말해주었다.
강직이 잡아온 신선한 생선은 이웃들과 함께 나누어 먹었다. 아제와 김웅, 그리고 순자 할머니까지 모두 모여 마당에서 저녁을 함께하는 일이 자연스러운 일상이 되었다.

아제와 김웅의 카페도 점점 유명해져서 멀리서 찾아오는 손님들이 늘어났다. 특히 김웅이 직접 로스팅한 커피는 입소문을 타고 커피 애호가들 사이에서 화제가 되었다.
"오늘도 서울에서 온 손님들이 있었어." 아제가 저녁 시간에 이야기했다. "우리 커피 맛보러 일부러 여기까지 왔다고 하더라고."
"정말? 웅이씨 유명해지시는 거네요." 윤슬이 웃었다.
김웅이 쑥스러워하며 말했다.
"아직 갈 길이 멀어요. 그래도 손님들이 좋아하시니까 보람은 있어요."

계절이 바뀌면서 마을의 풍경도 달라졌다. 여름이 되자 더 많은 관광객들이 찾아왔고, 뜨개방과 카페는 더욱 분주해졌다. 하지만 그 와중에도 순자 할머니는 꾸준히 남편이 사다준 실로 새로운 스웨터를 떠나가고 있었다.
"할머니, 어떠세요? 많이 진행되셨어요?" 지현이 물었다.
"응, 조금씩 하고 있어. 급할 것도 없고, 천천히 해야 실수가 없거든."
할머니의 새로운 스웨터는 이전보다 더욱 정교했다. 아마도 남편에 대한 그리움이 한 땀 한 땀에 더해진 듯했다.
"이번에는 정말 예쁘게 나오고 있어요." 아제가 감탄했다.
"그럼. 이번에는 영감이 지켜보고 있으니까 더 잘 떠지."
뜨개방의 일상은 평화롭게 흘러갔다. 강직은 매일 바다로 나가 어업에 전념했고, 아제와 김웅은 카페 운영에 열심이었다. 윤슬은 뜨개질을 가르치면서 이 모든 변화를 지켜보았다.

가을이 되자 바닷가 마을은 한층 더 아름다워졌다. 단풍이 들기 시작한 산과 파란 바다가 어우러져 그림 같은 풍경을 만들어냈다.
순자 할머니의 새로운 스웨터도 거의 완성되어 갔다. 몇 달 동안 정성스럽게 작업한 결과, 이전보다 더욱 아름다운 작품이 탄생하고 있었다.
"할머니, 정말 멋있어요. 이번 건 진짜 작품이에요." 윤슬이 진심으로 말했다.
"고마워. 뜨개방이 도와줘서 할 수 있었어. 뜨개방아, 실이 좀 남았는데 이걸로 뭘 만들 수 있을까? 너무 조금 남아서..버리긴 아깝고"
"음..할머니 이 실 저 주세요. 제가 만들어 보고싶은 게 있어요."

"써주면 나야 고맙지."
윤슬은 회색 실을 보며 아제에게 머리 수건을 선물해야겠다고 생각했다.
항상 짧은 머리를 고집하는 아제는 앞머리가 내려와 눈을 찌른다며 노란 고무줄로 앞머리를 묶고 다녔는데, 그 모습이 마치 커다란 고래가 물을 뿜는 모양이라 볼 때마다 한숨이 나오던 차였다.
"노란 고무줄은 어디서 찾은건지... 에휴..." 윤슬은 빠른 손놀림으로 삼각형의 머리수건을 만들었다.
귀 뒤로 묶을 수 있게 긴 끈도 만들어 주었다.

그날 저녁, 다섯 사람은 마당에 작은 모닥불을 피우고 둘러앉았다. 강직이 바다에서 잡아온 생선으로 만든 매운탕과 함께 막걸리 한 잔씩을 나누었다.
"그런데 생각해보니까 우리 모두 꿈을 이뤘네." 아제가 불꽃을 바라보며 말했다.
"맞아. 나는 어부가 됐고, 웅이씨는 캠핑카로 여행다니면서 좋아하는 카페 사장이 되었고,
아제씨는 책 쓰면서 자유로운 삶을 살고 있고..." 강직이 하나씩 세어가며 말했다.
"윤슬은 바닷가 뜨개방을 운영하고 있고, 지현이는 뜨개질 실력이 늘어서 이제 다른 사람들 가르칠 수도 있을 정도가 됐고." 아제가 덧붙였다.
순자 할머니가 새로 만든 스웨터를 어루만지며 말했다. "나는 영감이 사다준 실로 다시 옷으로 만들 수 있었고."
"우리가 그렇게 외치던 꿈을 지금 찾아 이뤘네." 윤슬이 조용히 말했다.

"맞아. 우리는 충분히 잘하고 있어." 아제가 고개를 끄덕였다.
불꽃이 춤을 추듯 흔들리고 있었다. 다섯 사람은 모두 그 따뜻한 불빛을 바라보며 각자의 생각에 잠겨 있었다.
"처음에는 불안했어." 윤슬이 조용히 말했다.
"도시 생활을 정리하고 여기 와서 정말 잘 살 수 있을까 싶었거든."
"나도 마찬가지야." 아제가 공감했다. "사실 복숭아농장 팔고 캠핑카 살 때, 정말 많이 고민했거든. 잘못된 선택일 수도 있다고 생각했고."
"저도요." 지현이 말했다. "아이들 키우면서 뜨개질 같은 걸 배워서 뭐가 달라질까 싶었는데, 지금은 이게 제 삶의 큰 부분이 됐어요."
강직이 바다 쪽을 바라보며 말했다. "나는 회사 그만두고 어부가 된다고 했을 때, 주변에서 모두 미쳤다고 했어. 하지만 지금이 가장 행복해."
순자 할머니가 웃으며 말했다. "젊은 사람들이 이렇게 용기 있게 사는 걸 보니까 나도 힘이 나. 내 나이에도 새로운 패턴에 도전할 수 있는 거잖아."

불꽃이 점점 작아지고 있었다. 하지만 다섯 사람의 마음은 오히려 더욱 따뜻해지고 있었다.
"우리가 여기서 만난 것도 우연이 아닌 것 같아." 아제가 말했다.
"그래. 각자 다른 길을 걸어왔지만 결국 같은 곳에서 만났잖아." 윤슬이 공감했다.
바닷바람이 살랑살랑 불어와 불꽃을 흔들었다. 멀리서 파도 소리가 들려오고, 뜨개방에서는 따뜻한 불빛이 새어 나왔다.
"참, 이거 선물." 윤슬이 낮에 만든 머리수건을 내밀어 아제에게

주었다.
"나 주는거야? 난 가는 선물 막고 오는 선물 안 막지! 뭐야?"
윤슬은 선물을 꺼내서 아제의 머리에 직접 묶어주었다.
"너 그 고무줄 좀 버려. 어디서 갖고 온거야?"
"오, 머리 안 내려온다. 어?! 이거 순자 할머니 실이네?"
"응, 할머니가 조금 남았다고 주셨어. 그걸로 만들었어. 마음에 들어?"
"너무 고마워. 나 좀 더 집시같고 프리한 방랑자 같지않아?"
아제가 일어나 작아지는 불꽃 뒤로가 손을 들어 춤을 추기 시작했다.
함께 있던 이들이 행복하게 웃으며 그 모습을 바라보았다.

"순자 할머니, 덕분에 저 예쁜 머리수건도 생겼어요. 감사합니다."
"내가 뭘, 뜨개방이 손재주가 좋은거지."
이런 세심한 배려 덕분에 할머니의 곰팡이로 인해 버려질 뻔했던 추억의 조끼는 오히려 더 많은 사람들의 관심과 사랑을 받으며 새롭게 태어나고 있었다.

시간이 흐르면서 이 작은 바닷가 마을에도 변화가 찾아왔다. 뜨개방과 카페 덕분에 외부에서 찾아오는 사람들이 늘어났고, 마을 분위기도 한층 활기차졌다.
"요즘 우리 마을이 유명해지고 있는 것 같아요." 지현이 말했다.
"그러게요. 어제도 부산에서 뜨개질 배우러 오신 분이 계셨어요." 윤슬이 대답했다.
하지만 마을 사람들은 이런 변화를 부담스러워하지 않았다. 오히려 새로운 활력이 생겼다고 좋아했다. 특히 어르신들은 뜨개방에서 젊은 사람들과 교류할 수 있어서 즐거워했다.
"옛날에는 이 동네가 너무 조용해서 심심했는데, 이제는 맨날 재미있는 일이 생기네."
얼마전 마을 이장으로 선출된 방부 할아버지가 웃으며 말했다.
교장 선생님도 가끔 뜨개방을 찾아와 직접 기른 채소들을 나누어 주었다. 폐교된 초등학교 운동장에서 키운 옥수수, 토마토, 오이 등은 모두 무농약 유기농이었다.
"교장 덕분에 우리가 건강한 음식을 먹을 수 있어." 순자 할머니가 고마워했다.
"맞아요, 덕분에 저희 집에 묵으시는 손님들이 너무 좋아하세요."
"아니야. 나야말로 고맙지. 학교 땅에서 농사를 짓게 된 것도 전부 마을 사람들이 나서서 힘써준거잖아. 그리고 윤사장 덕분에 이곳도 체험장으로 사용할 수 있고. 여러분 덕분에 저야말로 즐겁게 지내고 있어."
이렇게 마을 사람들 사이의 유대는 더욱 깊어져 갔다.

순자 할머니의 새로운 스웨터가 완성에 가까워졌다. 몇 달 동안의 정성스러운 작업 끝에, 이전보다 더욱 아름다운 작품이 탄생하고 있었다.
"할머니, 정말 대작이에요. 이건 진짜 예술품이에요." 아제가 감탄했다.
"그러게요. 이런 정교한 패턴은 처음 봐요." 지현도 놀라워했다.
할머니는 뿌듯한 표정을 지었다. "영감이 사다준 실이니까 더 예쁘게 나오나 봐."
마지막 단계인 마감 작업을 할 때는 모든 사람들이 숨을 죽이고 지켜보았다. 할머니의 능숙한 손놀림으로 바늘을 움직였다. 조금씩 더 완벽하게 완성되어 갔다.
"자, 됐다!" 할머니가 마침내 선언했다.
모든 사람들이 박수를 쳤다. 남편이 사다준 실로 만든 두 번째 스웨터가 마침내 완성된 것이었다.
"할머니, 한번 입어보세요." 윤슬이 권했다.
할머니는 조심스럽게 조끼를 입어보았다. 크기도 딱 맞고, 색깔도 할머니에게 완벽하게 어울렸다.
"어머, 정말 예뻐요!" 지현이 외쳤다.
"할머니가 더 젊어 보이세요." 아제도 칭찬했다.
할머니는 거울을 보며 만족스러워했다. "영감이 보면 좋아할 텐데..."
그 순간 모든 사람들이 할머니의 마음을 이해할 수 있었다. 단순한 옷이 아니라 사랑하는 사람에 대한 그리움과 추억이 담긴 특별한 작품이었던 것이다.

순자 할머니의 조끼 이야기는 곧 마을의 작은 전설이 되었다. 뜨개방을 찾는 사람들은 모두 그 이야기를 듣고 감동했다.
"정말 아름다운 이야기네요." 서울에서 온 한 손님이 말했다.
"맞아요. 할머니의 사랑 이야기예요." 윤슬이 설명했다.
이런 이야기들이 입소문을 타면서 뜨개방은 단순한 취미 활동 공간을 넘어 마음을 치유하는 특별한 곳으로 알려지기 시작했다.
"우리 할머니도 돌아가신 할아버지를 그리워하셨는데..." 한 중년 여성이 눈물을 글썽이며 말했다.
"사랑은 이런 거구나 싶어요." 젊은 부부가 찾아와 할머니께 인사를 드리기도 했다.
순자 할머니는 이런 관심이 부담스럽기보다는 고마웠다. 자신의 이야기가 다른 사람들에게 감동을 주고 있다는 사실이 뿌듯했다.

"내 이야기가 이렇게 많은 사람들한테 알려질 줄은 몰랐네." 할머니가 웃으며 말했다.
"좋은 이야기는 나누어야 해요, 할머니." 아제가 대답했다.

좋은 사람과 함께하는 좋은 시간들이 쌓여갔다. 봄에는 벚꽃이 피고, 여름에는 바다에서 시원한 바람이 불어왔다. 가을에는 단풍이 아름답게 물들고, 겨울에는 조용한 정적 속에서 뜨개질에 더욱 집중할 수 있었다.
각자의 일상도 안정되었다. 강직은 이제 마을에서 인정받는 어부가 되었고, 아제와 김웅의 카페는 지역 명소로 자리잡았다. 윤슬의 뜨개방도 전국적으로 유명해져서 뜨개질을 배우려는 사람들이 끊이지 않았다.
지현은 이제 뜨개질 실력이 늘어서 윤슬을 도와 초보자들을 가르치기도 했다. 세 아이를 키우면서도 자신만의 시간을 가질 수 있게 되어 더욱 행복해했다.
순자 할머니는 새로 완성한 조끼를 소중히 입고 다니며, 가끔 남편 이야기를 해주곤 했다. 사람들은 모두 할머니의 이야기를 들으며 진정한 사랑이 무엇인지 배웠다.

그해 겨울, 첫눈이 내린 날이었다. 하얀 눈이 바닷가 마을을 포근하게 감쌌고, 뜨개방 마당에는 다시 작은 모닥불이 피워졌다.
다섯 사람이 모닥불을 둘러싸고 앉았다. 각자 손에는 따뜻한 차 한 잔씩 들려 있었다.
순자 할머니는 남편이 사다준 실로 만든 새 스웨터를 입고 있었고, 모든 사람들은 올 한 해를 되돌아보고 있었다.
"정말 많은 일이 있었네." 윤슬이 중얼거렸다.
"그러게. 아제씨 웅이씨가 갑자기 나타난 것도 올해 봄이었는데,

벌써 겨울이야."

강직이 말했다.
"시간 참 빨라." 아제가 감탄했다.
"하지만 좋은 시간들이었어요." 지현이 밝게 말했다.
순자 할머니가 자신의 조끼를 만지작거리며 말했다. "나도 올해 많은 걸 배웠어. 실패해도 다시 시작할 수 있다는 것, 그리고 혼자가 아니라는 것."
"맞아요, 할머니. 우리는 함께니까." 윤슬이 할머니의 손을 잡았다.
불꽃이 타오르며 다섯 사람의 얼굴을 환하게 비췄다. 각자 다른 나이, 다른 배경을 가졌지만 진정한 가족처럼 가까워진 사람들이었다.

새해가 밝았다. 바닷가에서 맞이하는 일출은 정말 장관이었다. 다섯 사람은 모두 함께 해돋이를 보며 새해 소원을 빌었다.
"올해는 뭘 해볼까?" 아제가 물었다.
"나는 더 큰 배를 장만하고 싶어." 강직이 말했다.
"좋은 생각이예요. 저는 카페 메뉴를 더 다양하게 만들어보려고." 김웅도 계획을 밝혔다.
"저는 아이들과 함께 할 수 있는 뜨개질 프로그램을 만들어보고 싶어요." 지현이 말했다.
"나는..." 윤슬이 잠시 생각하더니 말했다. "우리 이야기를 책으로 만들어보고 싶어. 순자 할머니 이야기도 담고, 우리가 어떻게 여기서 새로운 삶을 시작했는지도 담아서."
"좋은 아이디어야!" 아제가 박수를 쳤다.
순자 할머니가 웃으며 말했다. "나는 올해 영감 제삿날에 이 조끼를 입고 차례를 지낼 거야. 그리고 영감한테 고마웠다고 말해

줄 거야."

모든 사람들이 할머니의 말에 감동받았다.

계절이 바뀌어도, 시간이 흘러도 변하지 않는 것들이 있었다. 매일 아침 강직이 손님들과 바다로 나가는 것, 윤슬이 뜨개방을 열고 사람들을 맞이하는 것, 아제와 김웅이 정성스럽게 커피를 내리는 것, 지현이 아이들을 돌보면서도 뜨개질을 하는 것, 그리고 순자 할머니가 남편을 그리워하며 뜨개질에 마음을 담는 것. 영숙 할머니와 방부 할아버지가 손을 잡고 산책을 하는 것.
이런 일상들이 쌓여서 이들의 특별한 삶을 만들었다. 화려하지는 않지만 진실하고, 바쁘지는 않지만 의미 있는 삶이었다.

"우리가 이렇게 살고 있는 게 참 감사해." 윤슬이 어느 날 저녁 말했다.
"맞아. 별 거 아닌 것 같은데, 되돌아보면 정말 소중한 시간들이야." 아제가 공감했다.

이제 이들에게는 마을의 사계절이 모두 소중했다. 봄이 오면 벚꽃 구경을 하고, 여름이면 바다에서 수영을 했다. 가을에는 단풍놀이를 하고, 겨울에는 모닥불을 피워 따뜻함을 나누었다.
교장 선생님의 텃밭도 사계절 내내 다양한 채소와 과일을 제공해 주었다. 봄의 상추와 시금치, 여름의 토마토와 오이, 가을의 무와 배추, 겨울의 김치까지. 자연의 순환에 따라 살아가는 삶이 얼마나 풍요로운지 모든 사람들이 느꼈다.
"도시에 있을 때는 이런 걸 몰랐어." 지현이 말했다.
"맞아. 계절의 변화를 이렇게 온몸으로 느낄 수 있다는 게 정말 좋아." 아제도 동감했다.

이들이 이룬 것은 단순한 개인의 성공이 아니었다. 서로를 도우며 함께 성장하는 진정한 공동체를 만든 것이었다.

순자 할머니의 조끼 사건은 그 상징적인 예였다. 혼자였다면 포기했을 수도 있는 일을 함께 극복하고, 오히려 더 아름다운 결과를 만들어낸 것이었다.

"혼자서는 할 수 없는 일들이 많아." 순자 할머니가 말했다.

"맞아요, 할머니. 함께하니까 가능한 거예요." 윤슬이 대답했다.

이들은 서로의 일을 자신의 일처럼 여겼다. 강직이 좋은 생선을 잡으면 모두가 기뻐했고, 아제의 카페에 손님이 많이 오면 모두가 자랑스러워했다. 윤슬의 뜨개방이 유명해지는 것도, 지현이 뜨개질 실력이 늘어가는 것도, 순자 할머니가 새로운 작품을 완성하는 것도 모두의 기쁨이었다.

이들의 이야기가 알려지게 된 계기가 있었다. 순자 할머니의 조끼 사건을 예진이 SNS에 사진을 찍어 올린 것이였다. 나중에서야 사람들이 어떻게 알고 전국 각지에서 찾아왔는지가 밝혀졌다. 순자 할머니와 교장 선생님의 우정, 영숙 할머니와 방부 할아버지의 사랑, 독박육아에 힘들어하던 경단녀 지현씨의 이야기, 취준생 예진의 취업성공과 연애 성공 이야기까지 단순히 뜨개질을 배우러 오는 사람들뿐만 아니라, 이들처럼 새로운 삶을 시작하고 싶어하는 사람들도 많았다.

"저도 도시 생활을 정리하고 이런 삶을 살고 싶어요." 서울에서 온 한 직장인이 말했다.

"쉬운 일은 아니에요. 하지만 진심으로 원한다면 가능해요." 윤슬이 조언했다.

"가장 중요한 건 함께할 사람들을 찾는 거예요." 아제가 덧붙였다.

이들은 자신들의 경험을 나누는 것을 아끼지 않았다. 실패담도, 성공담도 솔직하게 들려주었다.

윤슬의 새해 다짐대로, 이들의 이야기는 정말로 책이 되었다. 그 동안 꾸준하게 블로그와 SNS를 통해 글을 올린 덕분이었다. 특히, 바다걸음길이 생기고 나서 20대들 사이에서 SNS를 통해 '꼭 가봐야할 곳'이라며 글을 올리고, 이 곳이 알려지면서 출판사에서 관심을 보였고,
윤슬이 직접 글을 써서 『바닷가 뜨개방에서 찾은 우리의 꿈』이라는 제목으로 출간되었다.
책에는 순자 할머니의 조끼 이야기를 비롯해 이들 다섯 사람이 어떻게 만나고, 어떻게 각자의 꿈을 이루어 나갔는지가 자세히 담겨 있었다.
"우리 이야기가 책이 되다니." 순자 할머니가 신기해했다.
"할머니 이야기가 가장 감동적이에요." 지현이 말했다.
책은 예상보다 큰 반향을 불러일으켰다. 많은 사람들이 이들의 이야기에 감동받고, 자신들도 용기를 내어 새로운 도전을 시작했다.

책이 인기를 얻으면서 TV 프로그램에서도 관심을 보였다. 다큐멘터리 제작진이 찾아와 이들의 일상을 촬영하고 싶어했다.
"TV에 나온다고요?" 윤슬이 놀라며 말했다.
"네, 좋은 취지의 프로그램이에요. 우리 이야기를 더 많은 사람들에게 알릴 수 있을 거예요." 방송국 PD인 정한이 설명했다.
하지만 이들은 미디어의 관심에 휩쓸리지 않았다. 자신들의 일상을 지키면서도 의미 있는 메시지를 전달하는 선에서 참여했다.

촬영된 다큐멘터리는 '꿈을 찾아 떠난 사람들'이라는 제목으로 방송되었고, 많은 시청자들의 사랑을 받았다.

이들의 이야기가 많은 사람들에게 전해지면서, 가장 강렬했던 메시지는 "나이는 꿈을 포기할 이유가 될 수 없다"는 것이었다.
순자 할머니는 70대의 나이에도 새로운 패턴에 도전했고, 아제와 김웅은 50대 중반에 전혀 새로운 삶을 시작했다. 윤슬과 강직도 안정적인 도시 생활을 포기하고 바닷가에서 새로운 도전을 했다.
"나이는 숫자일 뿐이에요." 순자 할머니가 방송에서 말했다.
"중요한 건 마음이 얼마나 젊은가 하는 거예요."
이 말은 많은 사람들에게 용기를 주었다. 특히 중년층들에게는 큰 위로와 힘이 되었다.

또 다른 겨울이 찾아왔다. 하지만 이번 겨울은 지난해와 달랐다. 이제 이들의 이야기를 알고 찾아오는 사람들이 많아져서, 겨울임에도 불구하고 뜨개방과 카페는 활기가 넘쳤다.
"작년 이맘때와는 정말 다르네." 강직이 감회 깊게 말했다.
"그러게. 그때는 우리끼리만 조용히 지냈는데." 아제도 웃었다.
하지만 바뀐 것은 외부의 관심뿐이었다. 이들의 우정과 서로에 대한 배려는 여전했다. 오히려 더 깊어졌다고 할 수 있었다.
순자 할머니는 이제 점방을 그만두고, 영숙 할머니와 함께 젊은 사람들에게 전통 뜨개질 기법을 가르치는 일이었다.
"옛날 방식도 알아두면 좋을 거야. 할머니들이 어떻게 살았는지도 이해할 수 있고." 할머니가 말했다.
이들의 삶은 자연의 순환처럼 아름다웠다. 계절이 바뀌고, 사람들이 오고 가고, 새로운 일들이 생기고 마무리되는 과정이 끊임

없이 반복되었다.

하지만 그 중심에는 변하지 않는 가치들이 있었다. 서로에 대한 사랑, 자연에 대한 감사, 소소한 일상에서 찾는 행복, 그리고 꿈을 향한 용기.
"우리가 여기서 배운 건 결국 이런 거야." 윤슬이 말했다. "거창한 성공이 아니라 진짜 행복이 뭔지."
"맞아요. 함께 있을 때 가장 행복해요." 지현이 공감했다.
그해 마지막 날 밤, 다시 마당에 모닥불을 피웠다. 한 해를 마무리하고 새해를 맞이하는 의미있는 시간이었다.
"올 한 해도 참 많은 일이 있었네." 윤슬이 중얼거렸다.
"좋은 일들이었어." 아제가 말했다.
"내년에는 또 어떤 일들이 있을까?" 지현이 궁금해 했다.
"뭐가 됐든 우리 함께니까 괜찮을 거야." 강직이 든든하게 말했다.
순자 할머니가 자신의 조끼를 어루만지며 말했다. "영감도 하늘에서 우리를 지켜보고 있을 거야. 우리가 이렇게 잘 지내는 걸 보면서 안심하고 계실 거야."
모든 사람들이 할머니의 말에 마음이 따뜻해졌다.

불꽃을 바라보며 모두 조용히 웃었다. 각자 다른 길을 걸어왔지만, 결국 같은 곳에서 만났고, 함께 꿈을 이루어가고 있었다.
그들이 외치던 꿈은 사실 거창한 것이 아니었다. 자신이 좋아하는 일을 하며, 사랑하는 사람들과 함께, 자연과 조화를 이루며 사는 것. 그것이 전부였다.
바닷바람이 살랑살랑 불어와 불꽃을 흔들었다. 멀리서 파도 소리가 들려오고, 뜨개방에서는 따뜻한 불빛이 새어 나왔다.
실패해도 다시 시작할 수 있다는 것, 그리고 함께하는 사람들이 있다는 것. 그것만으로도 충분히 아름다운 하루, 아름다운 인생이었다.

순자 할머니의 새로운 조끼도 이제 일상 속에 자연스럽게 자리 잡았다. 곰팡이로 인한 실패는 오히려 더 큰 성공으로 이어졌고, 혼자가 아니라 함께 극복한 경험은 모든 사람들에게 소중한 추억이 되었다.
불꽃을 바라보며 그들은 다시 한 번 깨달았다.
"우리는 충분히 잘하고 있어."
이 한 마디 속에 모든 것이 담겨 있었다. 완벽하지 않아도, 때로는 실수하고 넘어져도, 서로를 도우며 함께 일어서면 되는 것이었다.
바닷가 뜨개방에서 시작된 이들의 이야기는 이제 많은 사람들에게 희망과 용기를 주는 이야기가 되었다. 그리고 그 이야기는 아직도 계속되고 있다.
매일 아침 강직이 바다로 나가고, 윤슬이 뜨개방을 열고, 아제와 김웅이 카페에서 커피를 내리고, 지현이 아이들을 돌보며 뜨개질을 하고, 순자 할머니가 새로운 작품을 구상한다.
그 모든 일상들이 모여서 아름다운 하나의 이야기를 만들어간다. 바닷가 뜨개방에서 찾은 진짜 꿈의 이야기를.

7. 또 다른 빨간 실

정한PD는 카메라를 목에 걸고 마을 골목길을 천천히 걸었다. 윤슬과 강직의 집에서 며칠 더 머무르기로 한 그는, 이 아름다운 마을의 모든 순간을 담고 싶었다. 석양이 지는 골목길에서 아제와 웅이 부부가 서로 투닥거리며 지나가는 모습이 눈에 들어왔다.

"당신, 또 내 도시락 반찬 몰래 먹었지?"
"아니야! 내가 언제!"
"거짓말하지 마! 윤슬이가 해준 동그랑땡만 쏙쏙 빼먹고!"
두 사람의 티격태격하는 모습을 보며 마을 사람들이 웃음을 터뜨렸다.
"저 둘은 늘 저래요. 하루도 안 싸우면 몸이 근질근질한가 봐요."
"그래도 정말 저런 부부도 없지. 저렇게 붙어 다니는데."

"하긴. 부부사이에 아무나 저렇게 못 해요."

정한은 셔터를 눌렀다. 노을 빛에 물든 아제와 웅이의 모습이 렌즈에 담겼다. 그 순간, 가슴 한편이 먹먹해졌다. 문득 은지가 떠올랐다.
작은 골목을 올라가다보니 교장 선생님이 순자 할머니와 함께 깻잎을 따고 계셨다. 소곤소곤 두 사람의 목소리에 기분이 좋아졌다.
'여기도 셔터를 눌러야겠군!'
정한이 셔터를 누르는 순간 교장 선생님 뒤쪽으로 사람이 나타나서 깜짝 놀라 카메라를 내리고 바라보았다.
방부 할아버지가 깻잎만 따기 지루하셨는지 깻대를 통으로 뽑아 올리는 모습이었다. 순자 할머니와 근처에 있던 영숙 할머니가 이 상황을 보고는 소리내서 웃으신다.

'저 분들을 뵈러 꼭 다시 와야겠다.'
그리고 동시에 헤어진 여자친구 은지가 생각났다.
군대를 제대하고 복학한 대학 캠퍼스는 낯설기만 했다. 동기들은 모두 졸업했거나 군대에 갔고, 정한은 완전히 혼자였다. 학생식당에서 혼자 밥을 먹으려는데 뒤에서 누군가 말을 걸어왔다.
"저기, 같이 먹어도 될까?"
돌아본 순간, 신입생환영회에서 본 얼굴이었다. 은지였다.
"아. 응! 나야 고맙지."
은지는 수줍게 웃으며 자리에 앉았다. 알고 보니 그녀도 복학생이었다. 집안 형편이 어려워 휴학을 하고 아르바이트로 학비를 벌어 다시 돌아온 것이었다.
"나도 혼자 밥 먹기 좀 그랬거든요. 안면도 있고, 같은 복학생이니까..."

그렇게 시작된 인연은 자연스럽게 연애로 이어졌다. 도서관에서 함께 공부하고, 저렴한 분식점에서 떡볶이를 나눠 먹으며 소소한 행복을 쌓아갔다. 은지의 밝은 웃음과 긍정적인 에너지는 정한에게 새로운 활력을 주었다.

하지만 현실은 달콤하지만은 않았다.

은지는 다시 휴학을 해야 했다. 아르바이트만으로는 학비와 생활비를 감당하기 어려웠기 때문이다. 정한은 과외로 번 돈을 모아 은지의 학비를 대신 내주겠다고 했다.

"은지야, 이거 받아. 학비 내고 계속 학교 다녀."

하지만 은지의 반응은 예상과 달랐다.

"안 돼. 이런 건 받을 수 없어."

"왜? 우리 사이에 이정도는 아무것도 아니잖아. 부담스러우면 나중에 천천히 갚으면 되는 거 아냐?"

"그게 아니야. 이건 내가 스스로 해결해야 하는 문제라고."

은지의 목소리에는 단호함이 있었다. 정한은 이해할 수 없었다. 사랑하는 사람을 위해 할 수 있는 일을 하는 게 뭐가 잘못된 건지 이해를 못했다.

결국 은지는 그 돈을 받았지만, 아르바이트를 더 늘려서 1원 한 푼 틀리지 않고 모든 돈을 갚았다.

"연인 사이에도 자존심은 있어. 미안해, 정한아."

그때는 서운했지만 이해하려고 노력했다. 하지만 그게 시작이었다.

정한이 먼저 취업에 성공했다. 방송국 PD로 일하게 되면서 경제적으로 여유가 생겼다. 자연스럽게 데이트 비용도 대부분 정한이 부담했다. 비싼 레스토랑, 뮤지컬 티켓, 선물까지. 은지를 위한다는 마음이었다. 하지만 은지는 점점 부담스러워했다.

"정한아, 우리 너무 비싼 데만 가는 것 같아."
"괜찮아. 내가 벌잖아."
"그래도..."
은지는 말을 잇지 못했다. 정한도 모르게 은지의 자존심에 상처를 주고 있었던 것이다.
그리고 어느 날, 은지로부터 차가운 통보를 받았다.
"우리 헤어져."
"갑자기 왜? 무슨 일이야?"
"서로 힘들어. 나는... 네 옆에 있으면 너무 초라해져."

그렇게 2년이 흘렀다. 정한은 다른 사람을 만나볼 생각도 해봤지만, 마음 한편에는 항상 은지가 있었다. 가끔 SNS를 통해 은지의 근황을 확인하곤 했다. 졸업 사진, 취업 소식... 은지는 자신의 길을 잘 걸어가고 있었다.
연락하고 싶었지만 용기가 나지 않았다. 또다시 헤어질까 봐, 은지에게 부담이 될까 봐 망설였다.

마을 촬영이 시작된 지 일주일이 지나면서, 정한은 이곳 사람들의 소박하지만 따뜻한 사랑의 모습을 계속 지켜보게 되었다. 윤슬과 강직 부부는 서로 다른 성격이지만 서로를 완벽하게 이해하고 있었고, 아제와 웅이는 늘 티격태격하면서도 한시도 떨어져 있지 못하는 모습이었다.
마을에서의 촬영을 마치고 윤슬의 집으로 돌아가는 길, 순자할머니가 정한을 불렀다.
"PD양반, 잠깐만요."
할머니 손에는 엉킨 빨간 실타래가 들려 있었다.

"이거 좀 도와주실 수 있나요? 눈이 침침해서 잘 안 보여요."

정한은 할머니 옆에 앉아 조심스럽게 실타래를 풀기 시작했다. 복잡하게 엉킨 실을 하나하나 따라가며 매듭을 풀어내는 일은 생각보다 까다로웠다.
"참 복잡하게 엉켰네요."
"그러게 말이에요. 처음엔 포기하려고 했는데, 이 실로 지현이네 아이들 목도리를 떠주려고 했는데 밤사이 도둑 고양이들이 들어왔는지 실이 엉망으로 엉켰지 뭐야."
할머니는 따뜻한 미소를 지으며 말했다.
"아, 예..." 정한은 묵묵히 실의 끝을 찾아 풀어가고 있었다.
"인생도 이 실타래 같아요. 복잡하게 엉키기도 하고, 매듭이 생기기도 하고. 하지만 포기하지 않고 차근차근 풀어가면 언젠가는 다시 길게 이어지죠."
정한의 손이 멈췄다.
"할머니..."
"사랑도 마찬가지예요. 한 번 엉켰다고 포기하면 그만이지만, 정말 소중한 거라면 다시 풀어볼 만하죠. 시간이 걸려도."
마치 은지와 자신의 이야기를 아는 듯한 순자할머니의 말에 정한의 마음이 흔들렸다.
"할머니, 그런데 상대방이 부담스러워 한다면요? 내가 다가가는 게 오히려 방해가 된다면?"
순자할머니는 실을 만지작거리며 천천히 대답했다.

"PD 양반, 사람도 변하고 생각도 변해요. 그때 그 사람과 지금의 그 사람은 달라졌을 거예요. 당신도 마찬가지고요."
정한은 고개를 끄덕였다.
"그리고요, 진짜 사랑이라면 서로가 서로에게 힘이 되어줘야 하는 거예요. 한쪽이 일방적으로 주는 것도, 받는 것도 아니라 함께 나누는 거죠."
할머니는 정한의 손을 잡으며 말했다.
"이 마을에서 며칠 보셨겠지만, 뜨개방 사장과 그 남편, 책선생과 그 남편... 모두 서로 다른 모습이지만 함께 어울려 살아가잖아요. 사랑도 그래야 해요. 완벽하지 않아도, 때론 투닥거려도, 함께할 수 있는 그런 관계 말이에요."
정한은 더욱 집중해서 실을 풀기 시작했다. 처음에는 무작정 당기려고 했지만, 할머니의 말을 듣고 나니 다른 방법이 보였다. 매듭의 구조를 파악하고, 어느 부분을 먼저 풀어야 할지 천천히 살펴본 후 조심스럽게 실을 이끌어냈다.
"아, 이렇게 하니까 풀리네요!"
"그렇죠? 성급하게 하면 더 꼬이기만 해요. 차근차근 하면 반드시 풀려요."

30분쯤 지나자 빨간 실타래가 깨끗하게 풀렸다. 길고 부드러운 빨간 실이 할머니의 무릎 위에 가지런히 정리되었다.
"고마워요, PD양반. 덕분에 애들 목도리를 뜰 수 있겠어요."
할머니는 기뻐하며 실을 쓰다듬었다. 그 모습을 보며 정한의 마음에도 변화가 일어났다.

그날 밤, 정한은 핸드폰을 들여다봤다. 은지의 번호는 여전히 저장되어 있었다. 2년 동안 한 번도 지우지 못한 번호였다.
'지금 연락하면 부담스러워할까? 아니면 이미 다른 사람이 있을까?'
하지만 순자할머니의 말이 계속 떠올랐다. 사람도 변하고 생각도 변한다고. 그리고 진짜 사랑이라면 함께 나누는 것이라고.

정한은 심호흡을 하고 메시지를 작성하기 시작했다.

'은지야, 나 정한이야. 갑작스러운 연락이라 놀랐을 거야. 지금 지방에서 촬영 중인데, 여기 와서 많은 생각을 하게 됐어. 우리가 헤어질 때 내가 너의 마음을 충분히 이해하지 못했던 것 같아. 미안해. 시간 되면 커피 한 잔 할 수 있을까? 부담 갖지 말고, 친구로서라도 괜찮아.'
메시지를 다시 읽어보고, 수정하고, 또 읽어봤다. 그리고 드디어 전송 버튼을 눌렀다.

한 시간 후, 핸드폰이 울렸다.
'정한아, 안녕. 오랜만이다. 사실 나도 가끔 네 생각했어. 돌아오면 연락 줘. 기다릴게.'
짧은 메시지였지만, 정한의 마음은 벅차올랐다. 거절당하지 않았다는 안도감과 함께, 새로운 희망이 생겼다.
마을에서의 촬영이 끝나갈 무렵, 정한은 아제와 웅이 부부를 다시 만났다. 이번에는 둘이 함께 장을 보러 가는 모습이었다.
"어머, PD님! 촬영 잘 되고 있어요?"
"네, 덕분에 좋은 장면들 많이 담고 있습니다."
"우리 남편이 자꾸 카메라 앞에서 긴장한다고 하더라고요."
"아니야! 그냥 평소대로 했다고!"
또 시작된 두 사람의 투닥거림을 보며 정한은 미소를 지었다. 이제는 그들의 모습이 부럽기보다는 따뜻하게 느껴졌다.

서울로 돌아간 정한은 서둘러 은지와 만날 약속을 잡았다. 예전에 자주 가던 비싼 레스토랑이 아니라, 대학 시절 함께 갔던 작은 카페였다.
은지는 예전보다 더 성숙해 보였다. 취업 후 자신감도 생긴 듯했다.

"잘 지냈어?" 정한이 먼저 말을 꺼냈다.
"응, 너도 잘 지냈지? 네가 하는 방송에서 봤어. 재미있더라."
어색했지만 자연스러운 대화가 이어졌다. 서로의 근황을 주고받으며, 2년간의 공백을 조금씩 메워갔다.
"은지야, 그때 내가 너의 마음을 제대로 이해하지 못했던 것 같아. 미안해."
은지는 잠시 말이 없더니 조용히 대답했다.
"나도 미안해. 그때는 내가 너무 예민했던 것 같아. 지금 생각해보니 정한이는 정말 나를 위해 해준 거였는데..."
"아니야. 할머니 한 분이 그러시더라. 진짜 사랑은 한쪽이 일방적으로 주는 것도, 받는 것도 아니라 함께 나누는 거라고. 나는 그걸 몰랐어."
은지의 눈이 반짝였다.

"할머니?"
"응, 촬영 갔던 마을에서 만난 분인데... 이것저것 도와드리면서 많은 걸 배웠어."
정한은 마을에서의 이야기를 들려주었다. 윤슬과 강직, 아제와 웅이의 모습을 보며 느꼈던 것들, 순자할머니의 따뜻한 조언들을.
"우리도 그럴 수 있을까? 서로 다르지만 함께 어울려 살아가는..." 은지는 따뜻한 미소를 지었다.
"한 번 해볼까? 이번엔 정말 함께 나누면서."
그렇게 정한과 은지의 사랑은 다시 시작되었다. 예전과는 달랐다. 더 성숙하고, 더 이해하며, 진정으로 서로를 존중하는 관계였다.

첫 만남 이후 일주일 동안, 두 사람은 천천히 관계를 회복해 나갔다. 예전처럼 비싼 곳보다는 소박한 곳에서 만났고, 정한은 은지의 의견을 더 많이 물어보았다.
"이번에는 네가 가고 싶은 곳으로 가자."
"같이 정하면 안 될까? 나도 네 의견이 궁금해."
이런 작은 변화들이 두 사람의 관계를 더욱 단단하게 만들었다. 한 달 후, 정한은 다시 그 마을을 찾았다. 이번에는 은지와 함께였다. 순자할머니는 빨간 목도리를 뜨고 있었다.
"할머니, 인사드려요. 제 여자친구 은지예요."
"어머, 예쁜 아가씨네요. 실타래 잘 풀렸나 봐요?"
순자할머니는 환하게 웃으며 두 사람을 바라봤다.
"네, 할머니. 정말 감사해요."
"할머니, 이 목도리가 그때 그 빨간 실로 뜬 거예요?"
은지가 호기심 어린 눈으로 물었다.
"그래요, 아가씨. 이 PD 양반이 도와줘서 깨끗하게 풀렸거든요. 덕분에 이렇게 예쁜 목도리가 나왔어요."
할머니는 완성된 목도리를 자랑스럽게 보여주었다. 빨간 실로 정성스럽게 짠 목도리는 따뜻해 보였다.

윤슬과 강직 부부도 은지를 반갑게 맞아주었다.
"어머, 정한PD가 매일 얘기하던 그 분이시구나! 반가워요."
"정한이가 제 얘기를 했어요?"
은지가 웃으며 정한을 쳐다봤다. 정한은 부끄러운 듯 고개를 흔들었다.
"촬영 하면서 계속 혼잣말로 '은지라면 이걸 어떻게 생각할까' 이러고 다니셨거든요."

강직이 웃으며 말하자 은지의 볼이 살짝 빨갛게 물들었다.

아제와 웅이 부부도 만났다. 여전히 티격태격하고 있었다.
"어머, 정한PD님 오랜만이예요."
"네 오랜만입니다. 안녕하셨어요? 그때 사진 정말 잘 나왔더라고요. 마침 드리려고 인화해 왔어요. 이따 마을 분들께 인사드리면서 챙겨드릴게요"
"근데 이분이 그 여자친구분? 와, 예쁘시다. 우리 정한PD 맘 고생한 보람있네"
정한이 얼굴을 붉히며 그만들 하시라며 손사래를 쳤다.
아제와 웅이가 투닥거리는 모습에 뜨개방에 있던 모두가 웃음을 터뜨렸다.

이틀 동안 마을에 머물면서, 정한과 은지는 함께 마을 곳곳을 둘러봤다. 정한이 혼자 봤을 때와는 또 다른 느낌이었다. 은지와 함께 보니 더 따뜻하고 아름다운 풍경이 보였다.
"정말 평화로운 곳이네. 여기 사람들 정말 따뜻해."
"그래, 나도 여기 와서 많은 걸 배웠어. 특히 사랑에 대해서."
"할머니 말씀이 정말 와 닿아. 사랑은 함께 나누는 거라는…"
두 사람은 마을 뒤편 언덕에 올라가 마을 전체를 내려다봤다. 해가 지면서 마을 전체가 붉은 빛으로 물들었다.
"예쁘다…"
은지가 넋을 잃고 바라보는 모습을 정한은 카메라에 담았다.
"야, 갑자기 왜 찍어!"
"예뻐서."
은지는 부끄러워하며 정한의 팔을 때렸다. 하지만 그 얼굴에는 행복한 미소가 떠나지 않았다.
마을에서의 마지막 밤, 두 사람은 순자할머니 댁에서 차를 마셨다.

"할머니, 정말 고마웠어요. 할머니 덕분에 우리가 다시 만날 수 있었어요."
"에이, 내가 뭘 했다고. 원래 인연인 걸 어떻게 하겠어요."
할머니는 따뜻한 차를 더 따라주며 말했다.
"앞으로도 잘 지내세요. 서로 이해하고 배려하면서 말이에요."
"네, 할머니. 이번에는 정말 잘해볼게요."
정한과 은지는 손을 맞잡고 할머니께 인사했다.

서울로 돌아온 후, 두 사람의 관계는 안정적으로 발전해 갔다. 예전처럼 정한이 모든 것을 주도하는 것이 아니라, 진정으로 함께 결정하고 함께 나누는 관계가 되었다.
"오늘 점심 뭐 먹을까?"
"음... 네가 먹고 싶은 걸로 하자."
"아니야, 같이 정하자. 나는 한식이 땡기는데 너는?"
"나도 한식 좋아. 그럼 근처에 맛있는 집 찾아보자."
이런 소소한 대화들이 두 사람에게는 소중했다. 서로의 의견을 존중하고 배려하는 마음이 자연스럽게 배어났다.
은지도 변했다. 예전처럼 무작정 거부하기보다는 정한의 마음을 이해하려고 노력했다. 정한이 선물을 주려고 하면 고마운 마음을 먼저 표현하고, 자신도 정한을 위해 할 수 있는 일들을 찾아서 했다.
"정한아, 이거 받아."
"뭐야, 이거?"
"네가 좋아하는 커피 원두. 새로 나온 거래."
"와, 고마워! 마침 커피가 딱 떨어졌는데 어떻게 알았지?..."
"내가 모르면 누가 알아?"

은지는 웃으며 말했다. 예전에는 이런 상황에서 부담스러워했겠

지만, 이제는 자연스럽게 서로 주고받을 수 있게 되었다.
시간이 흐르면서 두 사람은 각자의 일에서도 서로에게 힘이 되어주었다. 정한이 방송 제작으로 힘들어할 때는 은지가 응원해주었고, 은지가 회사 일로 스트레스받을 때는 정한이 곁에서 들어주었다.
"오늘 회의에서 내 아이디어가 채택됐어!"
"진짜? 축하해! 뭘로 축하할까?"
"같이 치킨이나 먹자. 네가 좋아하는 그 집에서."
"좋아! 맥주도 사올게."
서로의 성공을 진심으로 기뻐하고, 함께 축하할 수 있다는 것이 두 사람에게는 큰 기쁨이었다.

처음 연락을 주고받은 지 두 달이 지났다. 두 사람의 관계는 예전보다 훨씬 단단해져 있었다. 서로를 이해하는 깊이도 깊어졌고, 무엇보다 함께 있는 것이 자연스럽고 편안해졌다.
"은지야, 다음 주에 그 마을에서 방송 프로그램이 나가. 우리 같이 보자."
"좋아! 할머니 나올까?"
"당연하지. 할머니가 실 풀면서 욕하시는 장면도 나와."
"와, 기대된다"

정한의 방송은 큰 이슈는 되지 못했지만, 잔잔한 울림을 주는 방송으로 평가 받았다.
조용한 바닷가에 도착한 뜨개방 사장과 그곳에 옹기종기 모여든 사람들의 이야기.
힘든 도시 생활에 작은 쉼이 되는 곳으로 기억되었다.

"정한아. 우리 나중에 결혼하면 저곳에 가서 웨딩촬영하자. 왠지 저곳에서 가면 저절로 웃게 될 것 같아."
은지의 말에 정한이 방부 할아버지의 말투를 흉내내며 장난스럽게 물었다.
"나랑 결혼 생각하는 거야? 난 아직 마음의 준비가 필요한데!"
"하하하하. 할아버지랑 똑같아."
"연습했어. 너 웃게 해주려고."
두 사람은 웃음을 멈추고 서로를 바라보았다. 두 사람의 사랑은 작은 바닷가 마을처럼 소박하지만 진실하게, 길고 부드럽게 계속 이어져 갈 것이었다.

에필로그: 알록달록 축제의 탄생

바다걸음길이 생긴 지 두 달이 지났을 때였다. 마을 앞에서 바닷가로 이어진 그 작은 산책로는 제주도의 올레길을 닮아 있었지만, 이곳만의 독특한 매력이 있었다. 파도 소리와 함께 걷는 길목마다 할머니들이 손수 뜨개질한 작은 장식들이 걸려 있었고, 사람들은 알음알음 이 길을 찾아왔다.

알록달록 예쁜 악세사리가 사람들에게 인기를 얻으면서 윤슬의 뜨개방도 덩달아 더욱 유명해졌다. 바다걸음길의 중간 지점에 자리한 덕분에 자연스럽게 사람들의 쉼터가 되었고, 입소문은 점점 더 멀리 퍼져나갔다. 주말이면 도시에서 온 젊은 연인들이 할머니들의 뜨개질을 구경하며 커피를 마시곤 했다.
그러던 어느 화요일 오후, 윤슬의 핸드폰에 문자 하나가 도착했다.

"안녕하세요, 지난번 취재 갔던 윤정한PD입니다. 잘 지내고 계시죠? 전 최근에 스페인 북부의 작은 마을로 해외 취재를 다녀왔는데, 정말 놀라운 광경을 봤습니다. 그곳 할머니들이 블랑켓으로 알록달록한 그늘막을 만들어서 관광객들에게 인기가 대단하더라고요. 그 곳 뜨개방도 제법 동네 사랑방처럼 유명하던데... 혹시 이런 프로젝트 한번 해보시면 어떨까요? 저희가 취재 가겠습니다."

윤슬은 문자를 읽고 또 읽었다. 심장이 쿵쿵 뛰었다. 그리고 할머니들에게 소식을 전했다.

"할머니들! 좋은 소식이예요!"
"어머, 무슨 일이여? 그렇게 헐레벌떡 달려오는거야?."
순자 할머니와 영숙 할머니가 뜨개질 바늘을 멈추고 윤슬을 바라봤다.
"방송국에서 연락이 왔어요! 우리 마을에서 축제를 해보자고!"
"어머, 그럼 우리가 텔레비전에 또 나온다는 거여?"
"그것도 그렇지만, 할머니, 우리가 뭔가 정말 큰일을 해볼 수 있을 것 같아요!"
뜨개방은 순식간에 술렁였다. 할머니들은 저마다 흥분한 목소리로 이야기를 시작했다.
"나도 젊었을 때 텔레비전에 나가서 춤춘 적 있어."
"우리 손주들이 보면 얼마나 좋아할까."
"그런데 뭘 해야 하는 거여?"

소식을 듣고 온 강직은 스마트폰으로 정한PD가 보내준 스페인 마을의 사진들을 검색해서 뜨개방에 모인 사람들에게 보여줬다. 알록달록한 털실로 만들어진 블랑켓들이 광장 전체를 뒤덮고 있는 모습이었다.

"어머머, 이거 우리가 할 수 있겠어?"
"왜 못해? 서양 할머니들보다 못한게 뭐야? 우리가 얼마나 오래 뜨개질했는데!"
영숙 할머니가 불끈 주먹을 쥐었다.

그날 저녁, 마을회관에서 긴급회의가 열렸다. 뜨개방 할머니들뿐만 아니라 마을 이장인 방부 할아버지, 교장 선생님, 청년회 사람들, 심지어 평소에는 관심 없던 아저씨들까지 모두 모였다.
"정확히 뭘 하자는 거여?" 방부 할아버지가 물었다.
윤슬이 일어서서 설명했다. "보여드린 영상처럼, 우리도 할머니들의 뜨개질로 축제를 만들어보자는 거예요. 관광객들이 와서 직접 체험도 하고, 우리 마을의 따뜻함도 느낄 수 있게 하자고요."
"그런데 장소는 어디서 할 건데?"

청년회장인 태형이가 손을 들었다. "폐교 어때요? 저희가 조금만 손보면 캠핑장으로도 쓸 수 있을 것 같은데."
"폐교?"
"네, 지금은 옥수수밭으로 쓰고 있지만, 건물도 튼튼하고 운동장도 넓잖아요."
할머니들의 눈이 반짝였다.
"그럼 사람들이 하룻밤 묵으면서 우리랑 뜨개질도 배울 수 있겠네?"
"맞아요! 그리고 바다걸음길도 걸을 수 있고!"

회의가 끝나자 마을 전체가 들썩였다. 다음 날부터 뜨개방은 전쟁터가 되었다.

"몇 개나 떠야 하지?"

"학교를 전체를 다 덮으려면... 최소 200개는 있어야 하지 않을까?"
"200개?"
할머니들이 깜짝 놀랐다. 하지만 곧 눈빛이 달라졌다.
"해보자! 우리가 못할 게 뭐 있어!"
순자 할머니가 큰 소리로 외쳤고, 다른 할머니들도 따라서 외쳤다.

그날부터 뜨개방의 풍경이 완전히 바뀌었다. 평소에는 오후 2시쯤 모여서 4시면 집으로 돌아가던 할머니들이, 아침 8시부터 밤 10시까지 뜨개방을 지켰다. 뜨개질 바늘 소리가 마치 오케스트라 연주처럼 들렸다.
"이 색깔 어때?"
"좀 더 밝은 게 좋겠어."
"파란색이랑 노란색을 섞으면 어떨까?"

할머니들을 도와 지현씨는 색깔 조합에 특히 신경을 썼다. 바닷가 마을답게 바다를 연상시키는 파란색 계열부터 시작해서, 해질녘의 주황색, 새싹의 연두색까지 온갖 색깔을 조화롭게 배치했다. 예진과 해찬은 도안 그리기를 담당했다. 할머니들과 도안을 디자인했다. 공책에 네모난 칸을 그리고, 각 칸마다 어떤 색깔의 실을 쓸지 표시했다.
"여기는 파도처럼, 여기는 구름처럼."
할머니들은 저마다의 역할을 찾아갔다. 막내인 67세 말순 할머니는 실을 정리하는 일을 맡았다. 색깔별로, 두께별로 가지런히 정리해두면 다른 할머니들이 필요한 실을 쉽게 찾을 수 있었다.

한편 청년회는 폐교 정비 작업에 한창이었다. 태형을 비롯해 마을에 남은 젊은이들 서너 명이 주축이 되어 일을 시작했다.
"여기 창문 몇 개 갈아야겠어."
"화장실도 고쳐야 하고."
"운동장에 전기 끌어와야지."
생각해보니 할 일이 산더미였다. 하지만 이상하게도 힘들다는 생각이 들지 않았다.
할머니들의 열정이 전염된 것 같았다.
주말에는 다른 동네에서 일하는 청년들도 도와주러 왔다. SNS에 올린 글을 본 대학생들도 자원봉사를 신청했다.
"와, 여기 정말 예쁘게 될 것 같아요!"
도시에서 온 대학생 미영이가 감탄했다. 낡은 교실이지만 바다가 보이는 창가는 어떤 카페보다도 멋있었다.
"여기서 할머니들이 뜨개질 가르쳐주시는 거죠?"
"네, 그리고 밤에는 캠핑도 할 수 있게 준비하고 있어요."

청년들은 교실 하나하나를 용도에 맞게 꾸몄다. 한 교실은 뜨개질 체험실로, 다른 교실은 휴식 공간으로, 또 다른 교실은 할머니들의 작품을 전시하는 갤러리로 꾸몄다.
소식은 빠르게 퍼졌다. 옆 마을 할머니들도 도와주겠다며 찾아왔다.
"우리도 뜨개질 좀 할 줄 안단 말이야."
"고마워라, 정말 고마워."
이제는 뜨개방이 좁아서 마을회관 대강당을 빌려 썼다. 할머니들이 둘러앉아 뜨개질하는 모습은 장관이었다. 저마다 다른 색깔의 실을 가지고 있었지만, 모두 같은 마음으로 바늘을 움직였다.

"이 축제 이름을 뭐라고 하죠?"

아제가 물었다.
"알록달록 축제!"
말순 할머니가 손을 번쩍 들었다.
"왜 그런 이름이여?"
"우리가 하는 모든 게 알록달록하잖여. 실도 알록달록, 마음도 알록달록!"
모두들 박수를 쳤다. 정말 완벽한 이름이었다.

축제 한 달 전부터는 입장권 대신 쓸 실 팔찌 만들기가 시작되었다. 이것도 할머니들의 아이디어였다.
"종이로 된 입장권을 나눠주는 것 보다, 우리가 만든 팔찌를 채워주는 게 어때?"
"좋은 생각이네! 색깔별로 의미도 주고."
파란 실은 바다를 사랑하는 사람들에게, 초록 실은 자연을 좋아하는 사람들에게, 빨간 실은 열정적인 사람들에게, 노란 실은 따뜻한 마음을 가진 사람들에게 채워주기로 했다. 여러 색깔을 원하는 사람들에게는 무지개 팔찌를 만들어주기로 했다.
"팔찌 하나하나에 우리 마음을 담자."
순자 할머니의 말에 모든 할머니들이 고개를 끄덕였다.

축제 전날 밤, 할머니들은 마지막 점검에 여념이 없었다.
"블랑켓 개수 맞지?"
"199개... 아, 1개가 부족해."
"내가 밤새 떠!"
"안 돼, 할머니 몸 상해. 우리 다 같이 하자."
결국 할머니들은 밤을 새웠다. 하지만 아무도 피곤하다는 말을 하지 않았다. 오히려 들뜬 얼굴이었다.

"내일 사람들이 와서 우리 작품 보면 얼마나 좋아할까?"
"우리 손주들한테 자랑할 거리가 생겼어."
"텔레비전에 나오면 친구들이 깜짝 놀랄 거야."
새벽 5시, 마지막 두 개의 블랑켓이 완성되었다. 할머니들은 서로를 보며 웃었다. 주름진 얼굴이지만 그 어느 때보다 환했다.
"우리가 해냈어."
영숙 할머니가 눈시울을 적셨다.
"이제 시작이야, 할머니들."
같이 있던 윤슬과 아제도 울컥했다.
해가 떠오르고 있었다. 바닷가 마을의 새로운 하루가, 새로운 역사가 시작되고 있었다.

오전 9시.
사람들이 하나둘 모이기 시작했다. 방송팀도 일찍 도착해서 준비 작업을 촬영하고 있었다.
"할머니들, 긴장 안 하셔도 돼요. 자연스럽게 평상시처럼 해주시면 됩니다."
정한PD가 다정하게 말했다.
"긴장? 우리가 뭐 긴장을 해. 평생 살아온 대로 하면 되는 거지."
순자 할머니가 호탕하게 웃었다. 그 모습에 함께 준비했던 사람들도 큰 소리로 웃었다.

10시, 공식적인 축제 시작 시간.
학교 운동장은 사람들로 가득 찼다. 200개의 알록달록한 블랑켓이 하늘 아래 펼쳐져 있었다. 마치 거대한 무지개가 땅에 내려앉은 것 같았다.

"와…"

첫 번째 방문객이 감탄사를 터뜨렸다.
"정말 아름답네요."
사람들은 저마다 원하는 색깔의 실 팔찌를 받았다. 할머니들이 직접 손목에 묶어주었다.
"이 파란 실에는 우리 바다의 마음이 담겨 있어요."
"빨간 실에는 우리의 열정이 들어있고요."
팔찌를 받은 사람들의 얼굴이 환해졌다. 단순한 입장권이 아니라, 마음을 나누는 선물이었다.

블랑켓 그늘막 아래에서 사람들은 할머니들에게 뜨개질을 배우기 시작했다. 서툰 손놀림이지만, 할머니들은 인내심을 가지고 가르쳐주었다.
"천천히, 천천히. 뜨개질은 마음을 급하게 먹으면 안 돼."
"이렇게?"
"맞아, 잘하네!"
아이들도 신기해했다. 알록달록한 실뭉치들 사이에서 뛰어놀며, 할머니들의 무릎에 앉아 이야기를 들었다.
"할머니, 이거 어떻게 만드는 거예요?"
"이건 말이야, 사랑으로 만드는 거란다."
할머니의 말에 아이가 고개를 갸웃했다. 하지만 할머니의 따뜻한 손길을 느끼며, 뭔가 특별한 게 있다는 걸 알 수 있었다.

저녁이 되자 캠핑장에 텐트들이 하나둘 세워졌다. 전국 각지에서 온 사람들이 이곳에서 하룻밤을 보내기로 한 것이다.
모닥불을 피우고 둘러앉아 각자의 이야기를 나누었다. 할머니들도 그 자리에 함께했다. 도시 사람들의 바쁜 일상 이야기를 듣고, 할머니들은 자신들의 옛 이야기를 들려주었다.

"우리도 젊었을 때는 도시로 나가고 싶어했지만, 이 마을에서 살면서 참 많은 걸 배웠지. 가장 중요한 건 함께 한다는 거야. 혼자서는 할 수 없는 일도, 함께하면 할 수 있어."
정한PD는 카메라를 들고 이 모든 순간들을 담았다. 하지만 정작 중요한 건 카메라에 담기지 않은 것들이었다. 할머니들의 주름진 손에서 피어나는 따뜻함, 사람들 사이에 흐르는 정, 그리고 작은 실 한 올이 만들어낸 거대한 연결고리들.
밤이 깊어가도 축제는 계속되었다. 사람들은 블랑켓 위에 누워 별을 바라보며, 오늘 하루 동안 느꼈던 특별한 감정들을 되새겼다.

다음 날 아침, 축제를 즐겼던 이들은 떠나는 것을 아쉬워했다.
"내년에 또 올게요."
"할머니들, 건강히 잘 지내세요."
"이 팔찌는 평생 간직할게요."
할머니들은 배웅하며 눈물을 훔쳤다.
"우리가 이런 날을 보게 될 줄 누가 알았겠어."

바닷바람에 펄럭이던 형형색색의 뜨개 작품들이 하늘과 바다에 물들어 더욱 아름답게 빛났다. 코발트블루색의 바다와 하늘 사이에서, 마을 광장은 여전히 사람들의 웃음소리와 아쉬운 작별인사로 가득했다.
윤슬은 뜨개방 앞 작은 무대에서 마지막 시연을 마치고, 손에 쥔 뜨개바늘을 천천히 내려놓았다. 이틀 동안 쉴 새 없이 움직인 손끝이 조금씩 떨렸지만, 그녀의 얼굴에는 만족스러운 미소가 번져 있었다. 처음 치러진 이 축제가 성공적이었기 때문이다.

"윤슬 선생님, 정말 감사했어요!"
서울에서 온 젊은 엄마가 아이의 손을 잡고 다가왔다. 그녀의 품에는 축제 기간 동안 완성한 작은 아기 모자가 들려 있었다. 분홍색과 노란색 실로 정성스럽게 짠 그 모자는 비록 조금 삐뚤빼뚤했지만, 초보자치고는 놀라울 만큼 예쁘게 완성되어 있었다.
"처음에는 뜨개질이 이렇게 어려운 줄 몰랐어요. 하지만 선생님께서 하나하나 친절하게 알려주셔서 이렇게 완성할 수 있었네요. 우리 아이가 이 모자를 쓰고 있으면, 늘 이곳의 따뜻한 추억을 떠올릴 것 같아요."

윤슬은 그 모자를 살펴보며 고개를 끄덕였다. "첫 작품치고는 정말 잘 하셨어요. 집에 가서도 꾸준히 연습하시면 금세 실력이 늘 거예요. 언제든 궁금한 게 있으면 연락하세요."
부산에서 온 대학생 무리도 하나둘 짐을 챙기며 윤슬에게 인사를 건넸다. 이들은 동아리 활동의 일환으로 이곳을 찾았는데, 처음에는 호기심 반 장난 반이었던 것이 이제는 진지한 취미로 자리 잡은 듯했다.
"선생님, 저희 학교에도 뜨개질 동아리를 만들어볼까 해요. 혹시 가끔 온라인으로라도 수업을 받을 수 있을까요?"
"물론이죠. 요즘은 영상통화로도 충분히 가르칠 수 있어요. 처음에는 기본적인 코잡기와 메리야스 뜨기부터 시작하시고, 익숙해지시면 좀 더 복잡한 패턴에 도전해보세요."

아쉬움의 인사가 모두 끝나고, 외지 관광객들이 하나둘 떠난 후, 이제는 마을 주민들이 윤슬을 둘러쌌다. 축제 기간 동안 음식 부스를 운영했던 순자 할머니와 교장 선생님, 숙박업소를 운영했던 윤슬의 남편 강직, 마을 이장 방부 할아버지와 영숙 할머니까지 모두가 진심 어린 감사의 마음을 전했다.
"윤슬아, 고생 많았다." 아제가 멀리서 웅이와 달려오며 외쳤다.
"뜨개방이 우리 동네로 이사 온 덕분에 우리 마을이 이렇게 예쁜 축제도 하고 유명해졌잖아. 내년에는 우리 더 잘 준비해서 이맘때가 되면 전국에서 사람들이 몰려오는 마을로 완전히 변신키켜보자!."
순자 할머니도 환한 얼굴로 고개를 끄덕였다.
"맞아, 맞아. 예전에는 동네에 사람 구경하기 힘들었는데, 이제는 뜨개방네 소품 사러 오는 사람, 저기 책선생네 커피 마시러 오는 사람이 얼마나 늘었는지 안내하느라 손이 모자랄 정도야. 다들 뜨개질 배우러 온다고 하면서 며칠씩 머물다 가니까 얼마나 좋은지 몰라."
"그리고 우리 마을 할머니들도 덕분에 용돈벌이를 하게 됐잖아요." 영숙 할머니가 덧붙였다.
"할머니들이 직접 뜬 양말이며 목도리들이 잘 팔려나가니까, 손자 용돈도 넉넉하게 주시고 그러셔요." 지현이 소리 내서 할머니들께 당부하며 웃음 지었다.
윤슬은 가슴이 뿌듯했다. 처음 이곳에 뜨개방을 열 때만 해도 단순히 자신의 꿈을 실현하고 싶다는 생각뿐이었는데, 이제는 마을 전체의 경제에도 도움이 되고 있다니 정말 뜻밖의 수확이었다.

"내년에는 어떤 계획이 있나?" 강직이 궁금해했다.
윤슬은 잠시 생각에 잠겼다. "음, 내년에는 좀 더 다양한 프로그램을 준비해보려고 해요. 아이들을 위한 컬러풀 니트 체험, 커플들을 위한 페어 머플러 만들기, 그리고 할머니 할아버지들을 위한 전통 뜨개 기법 워크숍 같은 거요."
"오, 그거 좋은 생각이네! 특히 커플 프로그램은 젊은 사람들이 정말 좋아할 것 같아."
"맞아. 그리고 해외 관광객들도 점점 늘고 있어서, 간단한 영어 설명서도 준비해야겠어. 뜨개질은 언어가 달라도 손으로 보여주면 금세 따라할 수 있거든."

밤이 깊어가자 마을은 다시 평소의 고요함을 되찾았다. 축제 기간 동안 북적였던 광장은 이제 텅 비어 있고, 바다에서는 파도 소리만이 리듬감 있게 들려왔다. 윤슬은 뜨개방 정리를 마치고 바닷가로 나왔다.
달빛이 바다 위에 은빛 길을 만들어 놓았고, 그 위로 작은 어선들이 점점이 떠 있었다. 바닷바람이 그녀의 머리카락을 부드럽게 흩날렸다. 이렇게 조용한 바닷가를 보고 있으면, 좀 전까지만 해도 이곳이 수백 명의 사람들로 가득했다는 게 믿어지지 않을 정도였다.
"무사히 끝났구나." 윤슬은 혼잣말을 중얼거리며 깊은 숨을 들이마셨다. 바닷바람 속에는 소금기와 함께 가을의 향기가 섞여 있었다.

내일부터는 다시 평범한 일상이 시작될 것이다. 마을 할머니들과 함께하는 소소한 뜨개 수업, 가끔 찾아오는 개인 수강생들, 그리고 온라인 강의 준비까지. 하지만 윤슬에게는 이 모든 것이 소중했다.
축제가 끝나고 약간의 허탈감이 찾아왔다. 하지만 참가자들의 환한 웃음, 마을 주민들의 진심 어린 감사, 그리고 뜨개질을 통해 새로운 즐거움을 발견한 사람들의 모습이 생생하게 기억에 남아 있어서 마음이 따뜻했다.
"내년에 또 만나요!" 떠나면서 손을 흔들던 사람들의 모습이 눈에 선했다. 그들 모두가 내년을 기약하며 아쉬워했던 그 마음이, 윤슬에게는 다시 한 해를 준비할 수 있는 원동력이 되어주었다. 별이 총총한 하늘을 올려다보며, 윤슬은 마음속으로 다짐했다. 아제가 따뜻한 커피를 준비해서 옆으로 다가왔다. "내년에는 더 많은 사람들에게 뜨개질의 즐거움을 전해주고, 이 작은 바닷가 마을이 더욱 따뜻한 곳이 될 수 있도록 최선을 다하자".

바다는 여전히 끊임없이 파도를 밀어올리고 있었고, 윤슬의 마음속에는 벌써 내년 축제에 대한 새로운 꿈들이 파도처럼 밀려오고 있었다.

<끝>

작가의 말

소소한 일상에서 행복을 찾아 기록하는
[모리사와 아키오]같은 작가가 되고 싶습니다.
영웅이 등장하지 않고, 악당도 등장하지 않는
그런 우리들의 일상을 이야기하려고 노력했습니다.
부족한 제 첫 책을 읽어주셔서 감사합니다.

왜 책을 써야 할지 고민할 때 힘이 되어준 나의 김웅 [빽곰님]과
그냥 하고 싶은 건 해보라고 응원해준 나의 보물 [반곰양].
너를 위한 특별 이벤트 눈치 챘을까?

그리고
오랜 시간 나와 함께 꿈을 향해 달려준 소울메이트.
나의 윤슬 남원에게

감사함과 함께 이 책을 바칩니다.

바닷가 뜨개방

발　행 | 2025년 09월 17일
2　쇄 | 2025년 10월 20일
저　자 | 이민희
펴낸이 | 황준연
펴낸곳 | 작가의집
출판사등록 | 2024.2.8.(제2024-9호)
주　소 | 제주도 제주시 화삼북로 136, 102-1004
전　화 | 010-7651-0117
이메일 | huang1234@naver.com
홈페이지 | https://class.authorshouse.net

ISBN | 979-11-94947-32-5 03810

이 책은 저작권법에 의하여 보호를 받는 저작물이므로 무단 전재와 복제를 금합니다.
파본은 구입하신 서점에서 교환해드립니다.